Inhaltsverzeichnis

W0033407

Weihnachten im Hause Bodelschwingh, wie sein Sohn das Fest erlebte

Das ist das Wunder der heiligen Weihnacht,
dass ein hilfloses Kind unser aller Helfer wird.
Das ist das Wunder der heiligen Nacht,
dass in die Dunkelheit der Erde die helle Son-
ne scheint.
Das ist das Wunder der heiligen Nacht,
dass ganz traurige Leute ganz fröhlich werden.
Das ist das Wunder der heiligen Nacht:
Das Kind nimmt unser Leben in seine Hände,
um es nie wieder loszulassen.

Friedrich von Bodelschwingh

Der Advent war für meinen Vater immer eine Zeit der Hoffnung. Schon früh wollte er uns Kindern dies auch vermitteln. Vor dem Abend des ersten Advent durften wir unsere kleinen Schuhe auf die Fensterbank stellen. Zuvor gaben wir uns große Mühe und putzten ihr Leder, sodass es nur so glänzte.

Nun waren wir gespannt, ob wir denn am nächsten Morgen wirklich etwas Gutes entdecken würden. Unsere Eltern wussten immer wieder kleine Zeichen der Hoffnung aufzubauen, sodass wir uns mit jedem Tag mehr auf das Christfest freuten. Wir waren glücklich, wenn wir dann darin einen Lebkuchen fanden, und kaum hatten wir einen Schatz entdeckt, hörten wir Mutter am Klavier die Melodie spielen „Wie soll ich dich empfangen". Dieses Lied war der Auftakt für die freudenreiche Zeit. Jede Strophe führte uns hinein in Gottes Liebeshandeln. Er hat sich aufgemacht und hat uns Jesus, seinen Sohn, gesandt, völlig freiwillig, damit für uns Menschen die Rettung eingeläutet werden konnte. Das ganze Evangelium ist in diesem Lied eingebunden, und mit jedem Vers wurden wir Kleinen in den Reichtum biblischer Botschaft eingeführt. Schon früh begriffen wir, welch große Liebe der Gottessohn zu uns Menschen entwickelt hat, dass er den Himmelsthron verließ und auf unsere Erde kam, in der es so viel Elend und Kummer gab. Ich weiß noch genau, so als würde ich es jetzt grade singen, wie laut ich die sechste Strophe hinausschmetterte:

„Seid unverzagt, ihr habet die Hilfe vor der Tür.
Der eure Herzen labet und tröstet, steht allhier."

So wurde unsere zarte Kinderseele schon früh von dieser herrlichen Botschaft berührt, und der Heiland Jesus Christus kam uns ganz nah. Am Abend des ersten Adventssonntags zog dann unsere große Familie zum Gottesdienst los. Schön sah die Landschaft aus. Alles Schmutzige und Hässliche war vom Schnee überdeckt, und wir wanderten durch die weiße Pracht. In der Kirche stand vor dem Altar ein kleines Tannenbäumchen. Daran war eine Kerze entzündet worden. Daneben war eine große weiße Tafel angebracht, auf der die erste Verheißung der Bibel zu lesen war: „Ich will Feindschaft setzen zwischen dir und dem Weibe, zwischen deinem Samen und ihrem Samen. Derselbe wird dir den Kopf zertreten, und du wirst ihn in die Verse stechen."

Es war Vaters besondere Gabe, wenn er die Kanzel betrat und den Kleinen und Großen, den Gesunden und Kranken die Botschaft ins Herz sagte. Er begann mit dem Paradies und erzählte von Adam und Eva, wie sie im wunderbaren Garten Gottes lebten. Göttlicher Friede umgab sie inmitten der Tiere und Pflanzen, und in herrlicher Harmonie stellte sich die Schöpfung dar. Und dann brach wie der Reif in einer Frühlingsnacht das Elend über die Menschen herein. Sie gerieten in Versuchung und konnten ihr nicht widerstehen. Das Böse, die Lüge, der Ungehorsam und der Streit zerstörten die Eintracht, und in ihrem Herzen machte sich die Finsternis breit, die sich in der ganzen Menschheitsgeschichte fortsetzte. Aber dann sah Gott der Herr die tiefe Sehnsucht der Menschen nach dem paradiesischen Leben, wo sie in Frieden miteinander hätten leben können. Nur einer war in der Lage, hier Abhilfe zu schaffen. Und so riss sich Gott seinen Sohn vom Herzen und sandte ihn uns zur Rettung in unsere Zeit.

Sogar durch unsere Kinderherzen ging ein leises Ahnen, wie durch Jesus, den Heiland der Welt, uns Hilfe geschehen konnte. Von Gottesdienst zu Gottesdienst wuchs in dieser Adventszeit die Spannung, bis dann am Heiligen Abend der Stern über Bethlehems Fluren aufgegangen war. Ein Jubel brach an, wenn wir sangen:

„Euch ist ein Kindlein heut gebor'n
von einer Jungfrau auserkorn,
ein Kindelein so zart und fein,
das soll euer Freud und Wonne sein."

Vater ließ immer alle zehn Strophen singen. Diese trostreiche Weihnachtsbotschaft konnten auch unsere ganz alten und schwachen Kranken von Bethel verstehen. Auch in ihnen brach die Weihnachtsfreude an. Dann konnten wir Kinder dem großen Tag Schritt um Schritt entgegengehen.

Zu Hause herrschte frohes Treiben. Mutter backte Lebkuchen. In einer großen, runden Schüssel knetete sie den Teig, legte dann ein weißes Tuch darüber und stellte das Backwerk auf den Schrank. Der herrliche Geruch stieg mir in die Nase. Aus der Kammer holte ich mir einen Hocker, rückte ihn ganz nahe an den Schrank, stieg darauf und tippte mit dem Finger in den süßen Teig. Schnell musste ich handeln, denn Mutter durfte mich dabei nicht erwischen. Köstlich schmeckte der Lebkuchenteig. Ganz langsam ließ ich ihn mir auf der Zunge zergehen.

Die Sehnsucht auf Weihnachten wuchs immer mehr in mir. Einmal wurde mir von

Mutter aufgetragen, beim Bäckermeister Meise Schwarzbrot einzukaufen. Diesen Auftrag nahm ich gerne an, und die anderen Geschwister hätten mir diesen Gang gerne abgeluchst. Als ich das Brot bezahlt hatte, holte mich der Bäcker hinter den Tresen. Dort stand eine wunderschöne bunte Dose. Er öffnete sie einen Spalt, und ich durfte hineinlangen und mir ein oder zwei Stück Spekulatius herausholen. Immer wenn wir das Brot aufgegessen hatten, wurde ich wieder zum Bäcker geschickt. Mir klopfte schon beim Eintreten in den Laden das Herz. Würde Bäcker Meise es auch nicht vergessen, mich hinter die Ladentheke zu führen? Meine Augen strahlten dann, wenn ich mit meinem Brot und den Spekulatius in der Hand den Laden wieder verlassen konnte. Zu Hause lobte mich Mutter, dass ich meine Aufgabe so wunderbar erfüllt hatte. *Hoffentlich darf ich übermorgen wieder Brot holen,* dachte ich.

An den Abenden in der Adventszeit sammelten wir uns immer um das Klavier. Mutter spielte, und wir sangen die Adventslieder. So wurde ich dann mit den göttlichen Liedern ins Bett gebracht und morgens wieder mit ihnen geweckt. Mutter war eine ausgezeichnete Klavierspielerin. Wenn Vater abends bei uns zu Hause war, erzählte er uns immer eine Geschichte aus der Bibel. Dann wanderten die alten Patriarchen, die Richter, Könige und Propheten vor unserem inneren Auge vorbei, und ihre Hoffnung, die sie auf den Gottessohn hatten, schlug sich bei uns nieder. So stieg bei uns Kindern die Erwartung auf das Jesuskind von Tag zu Tag.

Natürlich wollten wir unseren Eltern für Heiligabend auch ein Geschenk unter den Christbaum legen. Und so wurde im Wohnzimmer tüchtig gehämmert, geklebt, ausgeschnitten und zusammengefügt. Wir mussten lange überlegen, was wir Vater und Mutter schenken wollten, denn mit unseren 10 Pfennig, die wir monatlich als Taschengeld erhielten, konnten wir keine großen Sprünge machen. Wenn ein Geschenk fertig gebastelt war, wurde es in feines Seidenpapier eingewickelt und bis zum Christabend im Schrank versteckt.

Unsere Eltern lehrten uns aber auch, mit allem, was uns zur Verfügung stand, sorgsam umzugehen. Ich hatte von meiner Großmutter aus Berlin einen wunderschönen

Steinbaukasten bekommen. Darüber war ich sehr glücklich. Meine Oma sagte mir noch: „Wenn du bis nächste Weihnachten noch alle Steine vollzählig hast, schicke ich dir noch einen, diesmal sogar etwas größer. Dann kannst du nicht nur Häuser und Kirchen bauen, sondern Dörfer und Städte." Welch herrliche Aussicht! Sorgfältig verstaute ich nach jedem Spiel meine Steine im Kasten. Aber einmal passierte mir ein Unglück. Ich war wirklich ein tappiger Kerl. Ein roter Stein fiel mir vom Tisch und brach in der Mitte auseinander. Nun müsste ich wegen dieses Missgeschicks auf den nächsten Baukasten verzichten. Ich war sehr traurig. Nie mehr würde ich mir einen Dom oder eine Burg bauen können.

Aber Mutter wusste Rat. Sie hatte meinen heimlichen Kummer entdeckt und holte mich in die Küche. Auf einem Schemel hatte sie eine Schüssel mit Seifenwasser und eine kleine blaue Zahnbürste gestellt. „Komm, mein kleiner Schatz. Heute kannst du alle deine Bausteine blitzblank putzen. Dann werden deine gebauten Häuser wie neu strahlen. Ich freue mich, mit dir zusammen in der Küche zu arbeiten. Du säuberst den

Baukasten und ich steche die Butterplätzchen aus, und zwischendrin singen wir ein Weihnachtslied."

Eifrig machte ich mich an die Arbeit. Das war wieder eine von Mutters wunderbaren Ideen. Stein um Stein stellte ich tropfnass auf ein Handtuch, das auf dem Küchentisch ausgebreitet lag. Schnell bewegten sich meine kleinen Finger. Als ich fertig war, griff Mutter nach dem zerborstenen Stein. „Den werden wir jetzt wieder flicken. Mit Leim werden wir beide Enden aneinanderkleben. Und dann nimmst du sie in deine Hände und drückst sie so lange aneinander, bis der Kleber fest geworden ist. So können wir den Stein retten."

Ich stand neben meiner Mutter und hielt meine Hände fest zusammen. Fast wollten mir meine Arme so weh tun, dass ich am liebsten aufgehört hätte zu pressen. Aber dann war meine Aufgabe doch von Erfolg gekrönt. Nach einer Viertelstunde waren die beiden Enden ganz fest miteinander verbunden. Mein Stein war wieder heil. Mit Schmirgelpapier entfernte ich die letzten Leimspuren und wischte mit einem weichen Tuch meinen Baustein ganz blank. Nun sah er aus wie neu und ich durfte wieder hoffen. Und wirklich, an Heiligabend hielt ich einen neuen Steinbaukasten in den Händen, sogar einen ganz großen. Großmutter hatte an ihr Versprechen gedacht.

Am Tag vor Weihnachten schmückten wir dann unseren Christbaum. Wir Kinder halfen alle mit. Mit Eifer machten wir uns an die Arbeit. Aus buntem Papier bastelten wir lange Ketten. Lustig sahen sie an dem frischen Grün aus. Rotbackige Äpfel wurden mit den Stielen an den Zweigen befestigt. Golden gefärbte Nüsse schmückten unseren Baum.

Das Schönste aber war die Krippe. Mutter ging auf den Dachboden und holte sie herunter. Eine Höhle stellte den Stall von Bethlehem dar. In der Mitte war die Krippe aufgebaut. Ochs, Esel und Schäfchen standen darum herum. Maria und Joseph aber hatten nur ihr Kind im Blick. In Windeln gewickelt lag es im Stroh der Krippe. Vor der Höhle waren viele Schäfchen. Auch die Hirten liefen herbei, um das Christuskind anzubeten. Sogar die drei Weisen durften nicht fehlen. Die ganze Weihnachtsgeschichte der Bibel tat sich vor uns kund. Staunend standen wir davor. Über dem Jesuskind prangte der Stern von Bethlehem. Alle Welt sollte es sehen, dass nun der Heiland geboren war. Uns war zuweilen zumute, als hörten wir die himmlischen Heerscharen singen: „Ehre sei Gott in der Höhe und Frieden auf Erden und den Menschen ein Wohlgefallen." Still wurden wir vor dem Geheimnis, das sich in Bethlehem zugetragen hat.

Das Besondere aber an dieser Krippe war: Auch unsere vier Geschwister, die um die Weihnachtszeit innerhalb weniger Tage einer Diphterieepidemie zum Opfer gefallen waren, hatten schon vor diesem Wunder der Heiligen Nacht das Kind angebetet. Mit unsern Eltern hatten sie das Lied angestimmt, so wie wir dies immer noch taten:

„Ich steh an deiner Krippen hier,
o Jesu, du mein Leben.
Ich komme, bring und schenke dir,
was du mir hast gegeben.
Nimm hin, es ist mein Geist und Sinn,
Herz, Seel und Mut, nimm alles hin
und lass dir's wohl gefallen."

Schon meine vier Geschwister hatten mit diesen Engeln und Schäfchen gespielt und das Jesuskind in ihren Händen gehalten. Jede Weihnacht wurden wir daran erinnert, dass sie nun schon bei Gott im Himmel thronten. Auch aus diesem Grunde war die Krippe für uns und unsere Eltern wie ein Heiligtum.

Innerhalb von 13 Tagen – kurz nach Weihnachten – hatten meine Eltern vier ihrer Kinder durch eine heimtückische Krankheit verloren. Damals sagte mein Vater: „Als unsere vier Kleinen starben, merkte ich erst, wie hart Gott gegen Menschen sein kann. Darüber bin ich barmherzig geworden. Ich wusste mich durch dieses ernste Erleben in das Gericht meines Gottes versetzt und empfand: Was ich lebe, das lebe ich aus dem reichen Vergeben Gottes heraus. Mein Leitwort wurde: Weil uns Barmherzigkeit widerfahren ist, darum werden wir nicht müde."

An dieses Erleben wurden wir am Heiligen Abend immer wieder erinnert. Am meisten aber freuten wir uns, wenn Vater von seinem Predigtdienst in Bethel zu uns stieß und uns half, dem Tannenbaum den letzten Schliff zu geben und die Kerzen und Sterne aufzustecken. Unserem Vater spürten wir die Freude der Christnacht ab. Das Kind auf Heu und auf Stroh hatte ihm dieses Glück angetan. Er las uns dann auch die Geschichte von der Geburt Christi vor. In uns wurde eine tiefe Sehnsucht nach Jesus, dem Gottessohn, geweckt, und ein Jubel erfüllte schon unsere kleinen Herzen. Jedes Jahr trug er uns ein Gedicht von Matthias Claudius vor:

„Willkommen in dem Jammertal,
o sei willkommen tausendmal,
sei tausendmal gesegnet,
du teures, liebes, holdes Kind.
Es weht bei uns ein kalter Wind
und schneiet hier und regnet.

Wir gingen trostlos und verzagt
im fremden Lande viel geplagt,
gefangen alle auf den Tod.
Da kommst du zu uns in der Not,
zu bringen uns heim zu des Vaters
Haus und Herd.
Wir sind's nicht wert! Wir sind's nicht wert.“

Am Abend aber gingen wir mit den Eltern zur Christvesper. Von überall her kamen unsere Kranken aus ihren Wohnstätten und wanderten zur Kirche. Mit ihnen saßen wir dann dicht vor der Krippe. Wir gehörten einfach zu ihnen. Rechts und links vom großen Kreuz in der Mitte des Gotteshauses waren zwei mächtige Tannen aufgestellt, und das Kreuz war an Heiligabend mit roten Rosen geschmückt. Chöre der Bethelkranken brachten die Kirche zum Klingen. Wenn dann die Orgel mit dem Lied „Stille Nacht" einsetzte, war der Jubel unüberhörbar. Ihr Klang wurde noch verstärkt, wenn die Gemeinde kraftvoll mit einstimmte: „Christ der Retter ist da!"

Je trauriger, verzagter und bekümmerter die Herzen unserer Epileptiker waren, desto froher wurden sie bei der Botschaft: „Euch ist heute der Heiland geboren!"

Zu Hause aber ging dann das Feiern weiter. Mutter saß am Klavier, und wir sangen ein Weihnachtslied nach dem andern, bis wir mit den himmlischen Heerscharen einstimmten:

„Ich will dein Halleluja
hier mit Freuden singen für und für.
Und dort in deinem Ehrensaal
solls klingen ohne Zeit und Zahl."

Die Bibel

Die Geschichte, die ich jetzt erzählen will, fand ich in einem sehr alten Buch. Sie ist überaus tragisch und hat mein Herz doch in Staunen versetzt. Sie spielt im Zeitalter der Reformation und Gegenreformation. Die beiden Kirchen bekriegten sich, und schließlich wurde den Evangelischen verboten, eine Bibel zu besitzen und darin zu lesen.

Der Kleinbauer Michel erinnert sich an die Zeit, da er in dem kleinen Häuschen mit seinen Eltern aufwuchs. In großer Bescheidenheit, ja in schlimmer Armut verbrachten sie ihre Tage, waren aber doch glücklich miteinander, bis ein rabenschwarzer Tag sie traf. Der Vater, der im Wald als Holzfäller arbeitete, wurde an einem frostigen, kalten Morgen von einem umstürzenden Baum erschlagen. Die Arbeiter trugen den Schwerverletzten noch nach Hause, aber seine Wunden waren so tief, dass er daran starb. Nun musste die Mutter sehen, wie sie mit ihrem siebenjährigen Sohn allein durchs Leben kam. Vor allem der Junge litt heftig unter dem Verlust des Vaters, den er über alle Maßen liebte.

Nun nahte das erste Weihnachtsfest nach seinem Tod. Heimlich ging die Mutter mit ihrem Sohn in den Garten. In der Hand hielt sie einen Spaten und unter dem Birnbaum begann sie die tief gefrorene Erde aufzugraben. Gut in Papier verpackt, kam ein dickes Buch zum Vorschein. Es war die Bibel, die nur noch heimlich und unter Strafandrohung gelesen werden durfte. Aber heute war ja Weihnachten. Da musste die Mutter doch ihrem Kind die Geschichte von der Geburt des Gottessohnes vorlesen.

Im Stübchen wurden die Vorhänge zugezogen, und eine Kerze erhellte den Raum. Die Mutter begann, von Johannes dem Täufer, von der Geburt des Jesuskindes in Bethlehem, von der Flucht der heiligen Familie nach Ägypten bis zum Kindermord des Königs Herodes zu lesen. Als die Mutter die Bibel zuschlagen wollte, rief der kleine Bub: „Mutter, lies weiter, nur weiter!" So wurde der kleine Kerl früh mit der Heiligen Schrift vertraut. Abends spät vergrub die Mutter das heilige Bibelbuch wieder unter dem kahlen Birnbaum, was bei der gefrorenen Erde viel Anstrengung bedeutete.

Als der Junge später selbst lesen gelernt

hatte, grub er an manchen Abenden die Bibel aus und vertiefte sich in sie. So lernte er Jesus, den Kinderfreund, kennen und war fasziniert von ihm. Nichts und niemand sollte ihn von seinem Heiland trennen.

So wuchs er mit der Bibel heran, durfte sie aber in der Zeit der Konfessionsstreitereien nur heimlich lesen. An seiner Seite hatte er eine tapfere Frau und vier Kinder, die ihm wie die Orgelpfeifen geboren wurden. Die ganze Familie war dem protestantischen Glauben zugetan trotz des Verbotes, die Heilige Schrift zu lesen. Aber diese Familie hatte das göttliche Wort mit Freuden angenommen. In den Abendstunden, wenn der Bauer sich von seiner schweren Landarbeit erholte und die Mutter am Spinnrad saß und fleißig Wolle für ihren Mann und die Kinder spann, vertieften sich die Schulkinder in die Geschichten des Alten und Neuen Testamentes. Aber noch immer durfte dies nur im Verborgenen geschehen. Es war so, als würde das ganze Haus vom heiligen Atem Gottes erfüllt, und sie lebten alle im großen Frieden.

Aber eines Tages brach das Unglück mit Macht über sie herein. Ihr Nachbar war immer mehr dem Trunk verfallen und musste ein Stück Land nach dem anderen verkaufen. Da seine Felder an die Äcker von Bauer Michel grenzten, ergab es sich, dass dieser sie rechtmäßig erwarb. Der Nachbar nahm ihm dies trotzdem übel und begann, um das Haus von Bauer Michel herum zu spionieren. Auch wenn er seine Fenster verdunkelt hielt, konnte er es nicht verhindern, dass er abends belauscht wurde. So kam der Trinker doch dahinter, dass die fromme Familie eine Bibel besaß.

Er zeigte sie bei den Behörden an, und Bauer Michel musste sich vor Gericht verantworten. Er sollte dem teuren Wort Gottes abschwören und seine Bibel verbrennen. Das aber brachte der fromme Gottesmann nicht übers Herz. Wie hätte er Jesus, seinen Erlöser und Heiland, verraten können, da er ihm seine Liebe am Kreuz so deutlich bewiesen hatte. Nie und nimmer hätte er so hinterhältig und gemein handeln können. Oft wurde er an das Lied von Martin Luther erinnert, in dem es heißt:

> *„Das Wort sie sollen lassen stahn*
> *und kein'n Dank dazu haben;*

Er ist bei uns wohl auf dem Plan
mit seinem Geist und Gaben.
Nehmen sie den Leib,
Gut, Ehr', Kind und Weib:
Lass fahren dahin,
sie haben's kein'n Gewinn.
Das Reich muss uns doch bleiben. "

Bauer Michel wollte mit seiner Familie Jesus die Treue halten. So wurde er mit seiner Frau und den Kindern des Landes verwiesen. Da aber seine Frau kurz vor der Geburt ihres fünften Kindes stand, konnte sie ihm nicht in die Verbannung folgen. Sie blieb mit ihrer großen Kinderschar allein in ihrem Häuschen zurück. Ihr Mann aber musste sich zu Fuß auf den langen Weg nach Siebenbürgen aufmachen. Es war ihm gelungen, die Bibel heimlich in seinen Rucksack zu schmuggeln. Zwanzig Jahre brachte er als Pferdeknecht in der Fremde zu. Er schuftete, bis ihm manchmal der Atem ausging. Und doch fand er immer wieder Zeit, in der er sich in aller Stille in die Bibel vertiefen konnte, wenn es auch im Pferdestall war. Aber dann brach er eines Tages von Rumänien auf. Heim wollte er, nur noch heim und sehen, wie es seiner Frau und seinen Kindern ging. Ungeheure Strapazen lagen vor ihm, als er monatelang über Berge und Täler, über Wiesen und Wälder westwärts wanderte. Meist nahm er nachts den Weg unter seine Füße. Er wollte unentdeckt bleiben und verbarg sich tagsüber in Höhlen oder Jagdhütten. In der Dunkelheit ließ er sich vom Stern in Bethlehem leiten, wie er dieses Himmelslicht nannte. Unbeschadet kam er gut voran und hatte fast sein Ziel erreicht. Die Freude auf Frau und Kinder trieb ihn an.

Nun waren es nur noch wenige Kilometer bis zu seinem Haus, und in seinem Glück auf das baldige Wiedersehen mit seinen Lieben wurde er unachtsam. Plötzlich hörte er den Ruf eines Polizisten: „Halt!" Fliehen konnte er nicht mehr, denn mehrere Männer hatten ihn umzingelt. Sein Traum vom trauten Heim platzte wie eine Seifenblase. Es folgten lange Verhöre, und er landete im Gefängnis. Als man seine Sachen durchsuchte, fand man im Rucksack die Bibel. Abschwören sollte er seinem Glauben, und dadurch kam er erneut in die Bredouille. Ein heftiger Kampf tobte in seinem Inneren. Wäre es gerechtfertigt gewesen, um seiner Frau und seiner

Kinder willen den Glauben an Christus ab-
zulehnen? Im Herzen hätte er ja weiter zum
Gottessohn beten und ihm die Treue halten
können. Aber je länger er diesem Gedanken
nachsann, desto unglücklicher fühlte er sich.
Wie der schlimmste Verräter kam er sich vor.
Nein, diese Haltung hätte er vor seinem Ge-
wissen nicht verantworten können, und so
blieb er seinem Herrn Christus treu.

Nun saß er wieder in einer dunklen, muf-
figen, engen Zelle. Kein Sonnenstrahl drang
in diesen Raum. Zudem war es Winter und
eiskalt. Nun stand Weihnachten vor der Tür.
Die Sehnsucht nach Frau und Kindern riss
ihm fast das Herz aus seiner Brust.

Einer seiner Wärter war ein junger Mann,
dessen Frau gerade ihr erstes Kind erwarte-
te. Er empfand Mitleid mit dem Gefangenen. Als das Kind an Weihnachten geboren
wurde, war seine Freude über den Sohn so
mächtig in ihm, dass er dem Gefangenen an
Heiligabend eine fröhliche Begegnung mit
seinen Lieben bereiten wollte.

Er führte ihn in einen anderen Raum.
Nach einer Weile hörte man draußen auf
dem Flur Schritte. Bauer Michel war darüber verwundert. Das helle Licht der Stube

blendete ihn. Überall standen Zweige mit leuchtenden Kerzen auf dem Tisch. Plötzlich öffnete sich die Tür und er fühlte, wie sich zwei Arme um seine Schultern legten und ihn stürmisch an sich drückten. Tränen liefen ihm über die Wangen, als er die Stimme seiner Frau vernahm. Zwanzig Jahre hatte er ihre lieben Worte schmerzlich vermisst. „Michel, mein Liebster", brachte sie gerade noch hervor. Dann versagte ihre Stimme. Bauer Michel konnte es nicht fassen. Er taumelte vor Freude und sprang im Zimmer auf, als er seine Kinder mit ihren Partnern und den Enkeln sah. War dieses Wunder überhaupt zu begreifen? Groß und stark waren seine Söhne geworden, und seine beiden Töchter hätte er fast nicht wiedererkannt, so schön waren sie. Und dann nahm er sein jüngstes Kind in die Arme. Er hatte bis dahin noch nicht einmal gewusst, ob es ein Junge oder ein Mädchen war. Er hielt einen stämmigen Burschen nah an sich gepresst und hörte von ihm zum ersten Mal das Wort: „Vater!" Der Sohn lachte über das ganze Gesicht. „Nun bin ich aber glücklich, dich endlich kennenzulernen."

Auch die Enkel waren gekommen, und ein

kleines Mädchen trat etwas ängstlich vor seinen Großvater und sagte dann schnell, ohne ins Stocken zu geraten, die Strophe auf:

„Vom Himmel hoch da komm ich her,
ich bring euch gute, neue Mär.
Der guten Mär bring ich so viel,
davon ich singen und sagen will."

Alle anderen fielen in die folgenden Strophen ein. Es war wie früher, wenn die Familie Weihnachten feierte. Einer der Enkel begann, die Geburtsgeschichte Jesu auswendig herzusagen. Vater und Mutter hielten sich in den Armen und hatten Tränen in den Augen. „Michel", sagte die Mutter, „alle deine Söhne und Töchter sind gut geraten und folgen dir im Glauben an Jesus nach." Dann fielen sie alle auf die Knie, und der Vater betete: „Christkind, liebes, an deiner Krippe singen, loben und danken wir dir." Alle riefen gemeinsam: „Amen!"

Leider musste nun doch Abschied genommen werden. Er war sehr tränenreich. Am nächsten Tag musste Bauer Michel wieder seinen langen Weg nach Siebenbürgen antreten. Auf der Straße bewegten ihn die Worte:

„Herr, ich war mit all meinen Lieben bei dir im Stall von Bethlehem. Ich war aber auch an deinem Kreuz, als ich allen Mut zusammen-nahm und dich vor den Häschern bekannte. Ich habe deine himmlische Herrlichkeit ge-sehen. Ja, bei dir, meinem Heiland, bin ich geborgen für Zeit und Ewigkeit."

Für einen jungen Pfarrer können die Weihnachtstage schon eine Last werden. An Heiligabend muss er mindestens drei Predigten
halten, wenn seine Kirche alle Menschen
fassen soll. Anschließend folgen noch zwei
Festtage, und dann bitten noch die Alten
und Kranken in der Adventszeit um das heilige Abendmahl. Also eine arbeitsreiche Zeit
lag vor Pfarrer Meister. Der junge Theologe
quälte sich mit seiner Weihnachtspredigt,
sie wollte ihm nicht so recht gelingen. Dabei wollte er sie doch besonders gut machen,
denn es würden ja viele Besucher kommen.

Nun war auch noch ein alter Richter von
92 Jahren aus dem Altenheim gestorben,
und die Beerdigung sollte noch vor Weihnachten stattfinden. Dieser Heimbewohner
hatte gar keine Angehörigen mehr. So würde der Pfarrer allein mit den Sargträgern auf
dem Friedhof stehen. Der Bürgermeister,
der ihm die Nachricht vom Tod des alten
Herrn überbracht hatte, riet ihm: „Sprechen
Sie ein Gebet, lesen Sie noch seinen Konfirmationsspruch vor und heben Sie die Hände

zum Segen. Eine Predigt müssen Sie nicht unbedingt halten."

Für Pfarrer Meister war dies keine angenehme Aufgabe. Er kam ins Grübeln und versuchte, sich in die Seele des Verstorbenen hineinzudenken. Fast ein ganzes Jahrhundert hatte der alte Herr erlebt. Zwei Weltkriege lagen darin und dann noch die Vertreibung aus dem Sudetenland. Dort in der Fremde waren auch die Gräber seiner Frau und seiner beiden Söhne, die bei einem Feuergefecht ums Leben gekommen waren, als sein Haus von den Granaten der Russen getroffen wurde und in Flammen aufging. Er selbst war zu der Zeit in russischer Kriegsgefangenschaft und hatte zudem noch vier Jahre in Sibirien zubringen müssen. Welch hartes Schicksal lag auf seinem Lebensweg. Wie vielen Menschen hatte er in seinem Beruf Recht erwirkt. Seine große Welt, in der er einmal gelebt hatte, war zu einem kleinen Zimmer im Altenheim zusammengeschrumpft, und er war allein übrig geblieben.

Nun stand Pfarrer Meister auf dem Friedhof. Seine junge Frau hatte ihn begleitet, so war er mit den Trägern nicht allein auf dem Gottesacker. Ein heller Sarg wurde herbeigetragen. Die Grabstätte befand sich am äußersten Rand des Friedhofs. Auf dem langen Weg dorthin überdachte der Pfarrer noch einmal seinen Predigttext. Bald ist ja Heiligabend. Sollte er da nicht lieber die Weihnachtsgeschichte lesen, bevor der Leichnam in die Erde gesenkt würde? So schlug er Lukas 2 auf. Während er die wunderbaren Verse von der Geburt Christi las, war er mit den Trägern und seiner Frau nicht mehr allein. Er fühlte sich in den Stall von Bethlehem versetzt, wo Maria und Joseph neben dem Kind in der Krippe wachten. Hirten gesellten sich zu ihnen. Seine Worte stockten ein wenig, und er geriet ins Zittern. Aber dann sprach er mit fester Stimme weiter:

„Alsbald war da bei den Engeln die Menge der himmlischen Heerscharen. Die lobten Gott und sprachen: Ehre sei Gott in der Höhe und Friede auf Erden und den Menschen ein Wohlgefallen."

Plötzlich fühlte sich der Pastor umschlossen von einer unsichtbaren Gemeinde, und das Lob durchdrang den einsamen Friedhof. Die Träger falteten ihre Hände und richteten ihre Blicke auf den Pfarrer. Sie wurden mit hineingenommen in den Frieden Gottes und lauschten dem Evangelium: „Fürchtet euch nicht! Siehe, ich verkündige euch große Freude, die allem Volk widerfahren wird; denn euch ist heute der Heiland geboren, welcher ist Christus, der Herr, in der Stadt Davids." Es war eine bewegende Trauerfeier. Wie auf Bethlehems Fluren gaben die Engel den Ton an, und ein stiller Jubel legte sich über die wohl kleinste Trauergemeinde. Über dem Tod des Richters brach Hoffnung auf das ewige Leben auf. Christus ist geboren, auf Golgatha gekreuzigt und an Ostern auferstanden. Das ist unser aller Glück und Rettung.

War das ein Gedränge auf dem Vorplatz der Kirche. Immer mehr Menschen strömten herbei, und ich hatte den Eindruck, dass mindestens zwei Busse mit Touristen angereist waren, um die wunderschöne alte Marienkirche zu besichtigen. Dann aber entdeckte ich quer über die Mauer des Gemeindehauses ein weißes Tuch gespannt, auf dem ich das Motto las: „Eine neue Zeit bricht an." Auf all dies Geschehen konnte ich mir keinen Reim machen, und so fragte ich einen älteren Herrn: „Können Sie mir sagen, was all die vielen Menschen und dann das Transparent zu bedeuten haben?"

„Ja, wissen Sie denn nicht, dass heute unser neuer Pfarrer in die Gemeinde eingeführt wird? Wir stehen alle hier und warten auf sein Kommen."

Natürlich wusste ich das. Aus diesem Grunde waren mein Mann und ich hierher gereist. Daniel ist unser jüngster Sohn, und heute sollte er sein neues Amt übernehmen. Aber mit einem solch großen Menschenauflauf hatte ich nicht gerechnet. Ich ließ mir nicht anmerken, dass ich seine Mutter war, war aber doch über diesen außergewöhnlichen Empfang erstaunt. Dann hieß es plötzlich: „Er kommt! Er kommt!" Ein Raunen setzte ein. „Eben ist sein Auto vorgefahren, und er ist mit seiner Frau und seinen drei Kindern ausgestiegen." Ich blieb still auf meiner Bank sitzen und sah, wie Daniel, von den Kirchenvorstehern umringt, freundlich begrüßt und in das Gemeindehaus geführt wurde.

Eine halbe Stunde später begann dann der Gottesdienst. Die Gemeinde erhob sich von ihren Plätzen, als der neue Pfarrer, begleitet von einigen seiner Amtsbrüder, unter mächtigen Posaunenklängen in die Kirche geführt wurde. Mir machte diese großartige Zeremonie Angst. Das Gotteshaus war fast bis auf den letzten Platz gefüllt. Vor allen Dingen ließ mich das Motto nicht mehr los, das ich auf der Plakatwand gesehen hatte: „Eine neue Zeit bricht an!" Mir wurde sehr bang. Welch hohe Erwartungen stellte die Gemeinde an ihren jungen Pfarrer! Kann er ihren immensen Ansprüchen überhaupt genügen? Was wird man hier von ihm verlangen? Ich war über diesen Gedanken sehr beunruhigt.

Nach dem feierlichen Gottesdienst mit vielen Liedern, einer Predigt und Chorgesängen wurden alle Gäste zu einem Sektempfang und anschließend zum Kaffeetrinken an das herrlich angerichtete Kuchenbüffet eingeladen. Wieder drängte die Menge in den großen Saal. Die Plätze an den Tischen reichten gar nicht aus. Danach richteten Vertreter der politischen Gemeinde und einzelner Verbände ihre Grußworte an den neuen Seelsorger. Auch ich hatte mich zu Wort gemeldet und wurde von der Kirchenvorsteherin zu allerletzt mit den Worten angekündigt: „Nun will uns die Mama unseres jungen Pastors noch einige Worte sagen." Etwas schmunzelnd über die Anrede „Mama" trat ich ans Rednerpult. Ich griff das Wort „Pastor" auf und begann:

„Ich war doch sehr überrascht über den würdevollen Empfang und über das Motto, das uns alle beim Eingang ins Gemeindehaus begrüßt hat. Mir war dabei nicht wohl zumute. Welch hohe Erwartungen stellen Sie an Ihren jungen Pastor? Kann und wird er sie auch erfüllen? Pastor heißt ja nach seiner lateinischen Bedeutung Hirte. Hirte einer so großen, lebendigen Gemeinde zu werden, ist eine enorme Herausforderung. Viele Hoffnungen knüpfen sich an diesen hohen Tag. Da kann sich eine Mutter schon fragen: Wie wird Daniel damit umgehen? Wird er ihnen gerecht werden? Eine neue Zeit soll mit dem heutigen Tag beginnen. Ist diese Erwartung nicht zu hoch geschraubt? Mir wurde erst in der Kirche wohler zumute, als mir bewusst wurde: Gott selbst hat eine neue Zeit anbrechen lassen, als er uns zum Vorbild Jesus Christus als Hirten seiner Gemeinde in unsere Welt sandte. An ihm kann sich auch Daniel orientieren und Wegweisung empfangen. Pastor nach dem Herzen Gottes soll er werden in der Kraft des Heiligen Geistes. Ein Bild soll diese hohe Berufung deutlich machen.

Ich habe einen Onkel, der viele Schafe besitzt. Als ich ihn einmal besuchte, nahm er mich mit auf seine Weide. Kurz bevor wir seine Herde entdeckten, stieß er einen lauten Pfiff aus. Von allen Seiten sprangen die Tiere herbei. Man spürte ihnen die Freude ab, dass ihr Hirte gekommen war. Dann fragte ich ihn: ‚Sag mal, Onkel Otto, kennst du denn deine Schafe?' Prompt gab er zur Antwort: ‚Natürlich kenne ich sie. Eines ist gefleckt, eines lahmt, eines hat ein blindes Auge und eins ist einmal in einem Zaun hängen geblieben, wobei ein Stück von seinem schönen Fell herausgerissen wurde. Ich kenne sie an ihren Fehlern.'

Mich hat diese Antwort nachdenklich gemacht. So ist es auch bei unserem Gott. Er kennt alle seine Schäfchen, wie man die Gemeindeglieder nennen darf, an ihren Fehlern und hat sie dennoch lieb. Diese Tatsache ist unfassbar. Obwohl wir Gott so viel Arbeit machen mit unseren Sünden, liebt er uns doch. Er weiß um unsere Lügen. Er sieht, wenn wir andere über den Tisch ziehen oder schlecht über unseren Nächsten reden, und dennoch verstößt er uns nicht. Vor ihm sind wir als Versager doch nicht verkannt. Er hat einen Ausweg aus unserer Misere gefunden und lässt uns durch Christus seine Vergebung und Liebe zukommen. Das ist unsere Chance, dass wir in Jesus unseren Erlöser und Heiland finden. Gerade darum kam er uns Menschen so nah und wurde in einem Stall geboren, damit er unser Erretter würde. Bei der Geburt Jesu fing im eigentlichen Sinne für uns die neue Zeit an. Als die Engel und himmlischen Heerscharen in den Jubel einstimmten, hat der Herr auch an uns gedacht. Für uns ist Christus in die Krippe gelegt worden, damit wir von unseren Sünden befreit werden können.

Beim Propheten Jesaja in Kapitel 40, Vers 11 steht ein wunderbares Wort, das uns das Wirken Christi schildert: *Er wird seine Herde weiden wie ein Hirte; er wird die Lämmer in seine Arme sammeln und in seinem Busen tragen und die Schafmütter führen.*

Das wünsche ich dir, lieber Daniel, und Ihnen, liebe Gemeinde: einen Hirten, der sich der Herde Christi warmherzig und liebevoll annimmt und das Wort der Bibel vollmächtig verkündigt. So kann auch hier in Ihrer Gemeinde eine neue Zeit anbrechen."

Diese Worte haben unseren Sohn sehr bewegt. Er kam auf mich zu, nahm mich in den Arm und gab mir einen Kuss auf die Wange. Die Zuhörer aber klatschten.

Das Geschenk

Im Norden Skandinaviens hatte sich ein Holzfäller mit seinen drei Söhnen ein wunderschönes Holzhaus gebaut. Auf der Weide grasten sechs Kühe und vier Schafe. Im Sommer bestellten sie ihr Land und brachten die Ernte ein. Sie führten ein einfaches, aber harmonisches Leben. Als andere Kleinbauern sahen, dass man hier in der schönen Natur gut existieren kann, zogen sie auch in diese Gegend. So entstand eine kleine Kolonie. Das Besondere an diesen Bauern war ihr Kinderreichtum, und so überlegten die Väter, wie sie ein Schulhaus bauen und eine Lehrerin anwerben könnten. Dies stellte sich allerdings als sehr schwierig heraus, da die Region sehr abgelegen war und die jungen Frauen immer nur für kurze Zeit blieben. Die Einsamkeit machte ihnen schwer zu schaffen. So war der ständige Wechsel für die Schüler nicht gut verträglich.

Schließlich fand man einen Lehrer, der bereit war, die Kleinen zu unterrichten. Tüchtig war er in seinem Beruf, und die Jungen und Mädchen kamen im Lesen, Schreiben und

Rechnen gut voran. Außerdem war er ein sehr kreativer Mensch. In seiner Freizeit malte er wunderbare Bilder. Er kam auf den Gedanken, auch seinen Schülern diese Kunst nahezubringen, und richtete Zeichenkurse ein.

Als Nils Holstensen geboren wurde – er war ein Überraschungsbaby –, konnte die Mutter es zunächst nicht fassen, dass sie mit ihren 44 Jahren noch schwanger geworden war. Und doch freute sie sich, als sie einen kräftigen Buben in die alte Wiege legen konnte, die sie schon von ihren Eltern geerbt hatte und die bisher auf dem Boden gestanden hatte. Der Junge entwickelte sich prächtig und wurde vor allem von seinen großen Brüdern sehr geliebt. Als er in die Schule kam, entdeckte sein Lehrer sehr bald seine künstlerische Ader. Und so ergab es sich, dass der Schüler auch nachmittags zu ihm in die Lehrerwohnung kam und lernte, wie man Bilder malte. Für den Lehrer war dies eine willkommene Abwechslung, denn die langen, dunklen Abende gingen auch ihm auf die Nerven. Er konnte zudem staunen, welche Fortschritte das Kind machte. Alle seine Zeichnungen hängte Lehrer Matthiesen an seinen Wänden auf.

Eigentlich hätte es keine Schwierigkeiten zwischen Lehrer und Schüler geben müssen, wenn Herr Matthiesen nicht ans Trinken geraten wäre. Auch für ihn bot diese öde Gegend Gefahren, und so versuchte er seine einsamen Tage im Alkohol vergessen zu machen. Zu spät merkte er, wie er der Sucht verfallen war. Natürlich blieb das kein Geheimnis. In dem kleinen Dorf sprach es sich bald herum, dass ihr Lehrer zu tief ins Schnapsglas schaute; in dem Dörflein konnte es sich kein Einwohner leisten, sich mit Branntwein volllaufen zu lassen. Denn so reich waren die Bauern nicht.

Die Bevölkerung wurde ärgerlich auf ihn. Da er aber ein ausgezeichneter Pädagoge war, hielten die Eltern an ihm fest, denn ihre Kinder waren wohlerzogen und zeigten enorme Kenntnisse in den schulischen Fächern. Begeistert saßen die Schüler in ihren Bänken und lauschten ihrem Lehrer, wenn er ihnen z. B. die große, weite Welt in Geschichte nahe brachte. Besonders Nils liebte ihn. In der kargen Wohnung, die ja nur aus einer Küche und Kammer bestand, entstanden nach dem Unterricht die schönsten Bilder. Nils war über sein künstlerisches

Talent sehr glücklich, und sein Lehrer lobte ihn. Fast jeden Nachmittag verbrachte er bei Herrn Matthiesen. Die Angst der Eltern war groß, dass ihr Sohn verdorben werden könnte. Auch wollten sie nicht, dass aus ihrem Jungen vielleicht ein Künstler werden würde. Damit könnte er sich im hohen Norden Norwegens seinen Broterwerb nicht verdienen. Als der Vater aber eines Tages seinen Sohn bei seinem Lehrer abholen wollte und er diesen total betrunken auf seinem Bett liegen sah, nahm er seinen Jungen schnell an die Hand, und fluchtartig verließen sie beide das Haus.

„Komm, Nils! Schluss mit der Malerei! Für solche Art von Spielereien fehlt uns das Verständnis." Nur die Bilder blieben an den Wänden und in den Schubladen des Lehrers zurück.

Weihnachten nahte. In den Häusern wurde gescheuert und geputzt. Alles war auf Hochglanz poliert. Die Mütter und Töchter hatten alle Hände voll zu tun, um bis zum Fest alles geschmückt zu haben. Im Hause Holstensen wurde sogar ein Tannenbaum in die gute Stube getragen. In der nahen Kleinstadt füllten sich die Läden, und es wurden viele Geschenke gekauft. Aber Nils hatte an all den Vorbereitungen keine Freude. Er wirkte bedrückt. Sein Vater hatte ihm das Schönste genommen, seit er an den Nachmittagen nicht mehr zu seinem Lehrer gehen durfte. Die alte Gemütlichkeit, wie sie in der Adventszeit in der Familie Einzug hielt, war zerstört. Der Vater war der reinste Griesgram, wenn er an die Gefahren dachte, die seinem Jüngsten von dem Lehrer drohten.

Auch die Brüder merkten, wenn sie abends vom Holzfällen nach Hause kamen, wie viel Verdruss sich in ihrem Hause breit gemacht hatte. Keiner von ihnen hatte so recht Lust, mit dem Vater ins Städtchen zu fahren, um die Einkäufe für das Fest zu tätigen. In allem schien in diesem Jahr der Wurm zu stecken.

Schließlich wurde dem Vater bewusst, dass er seinen Ärger begraben musste, sonst würde seiner Familie die Weihnachtsfreude zerstört. Als er abfahrbereit in den Schlitten stieg, fasste er Nils am Kinn, zog den Jungen an sich heran und fragte: „Na, mein Sohn, was wünschst du dir denn zu Weihnachten?"

Der Bub schwieg und entzog sich den Händen seines Vaters. Noch einmal wiederholte dieser: „Sag mir, Nils, was brauchst du? Was soll ich dir als Geschenk unter den Christbaum legen?"

„Nichts", antwortete er mürrisch. So fuhr der Vater bekümmert los. Am Dorfende kam er an der kleinen Lehrerwohnung vorbei. Da musste er bei sich denken:

Ich bin wohl zu heftig mit ihm verfahren, als ich Nils den Kontakt mit seinem Lehrer verbot. Bald ist Weihnachten. Alte Verletzlichkeiten sollte man jetzt vergessen. Sollte ich nicht anhalten und überlegen, ob ich für Herrn Matthies aus der Stadt etwas mitbringen dürfte?

So stieg er aus dem Schlitten und klopfte an die Tür. Niemand öffnete ihm. Aber er trat doch ein. In der Stube saß der Lehrer über den Tisch gebeugt. Vor ihm stand die Branntweinflasche. Sie war schon halb geleert. Die Petroleumlampe rauchte. Da drehte der Vater den Docht zurück und brachte den betrunkenen Lehrer zu Bett. Dann blies er das Licht aus und verließ die Wohnung.

Auf seiner Weiterfahrt quälten Herrn Holstensen trübe Gedanken. Die schlechte Stimmung zu Hause und der versoffene Lehrer machten ihm das Herz schwer. Er kam ins

Grübeln und fragte sich schließlich: Was wollte ich eigentlich in der Stadt kaufen? Ein paar besonders wertvolle Lebensmittel, die es nur an Festtagen zu essen gab, Lametta und ein paar rote Kugeln für den Christbaum und dazu eine Schachtel roter Kerzen. Aber würde dieser Kauf die Weihnachtsstimmung aufhellen? Wie konnte er Nils wieder glücklich machen und auch dem Lehrer helfen, das Christfest schön und festlich zu begehen? Waren sie nicht alle in dem Dorf dem Lehrer gegenüber schuldig geworden? Sie sahen nur ihre Arbeit im Wald und die Last ihrer großen Familien. Nichts anderes war ihnen in den Sinn gekommen. Der Lehrer hatte sie nicht mehr interessiert. Nicht ein einziges Mal hatte er Herrn Matthiesen zu sich eingeladen. Litt er nicht auch unter der Einsamkeit und dem Koller der Lappen? Herr Holstensen machte sich auch Vorwürfe, dass er den Jungen, ohne ein klares Wort mit ihm zu reden, aus dem Malunterricht genommen hatte. Wie fröhlich war Nils immer am Nachmittag von den Stunden nach Hause gekommen und hatte den Eltern erzählt, was er alles auf seinen Zeichenblock gezaubert hatte. Eine wunderschöne blauschillernde Taube, einen Baum, ein Pferd auf der Weide, und für Weihnachten den Stall mit Ochs und Esel, dazu das Kind in der Krippe. Er selbst war es, der seinem Sohn alle Christfreude zerstört hatte. Wie töricht hatte er sich doch benommen. In seinem Pelz wurde es ihm jetzt mächtig heiß, obwohl ihm die Flocken ins Gesicht flogen.

Am Himmel zogen schon die ersten Sterne auf, und in der Stadt sah man die Lichter in den geschmückten Stuben leuchten. In der Nähe der Kirche stand ein Schuppen. Dort band er seinen Gaul an und machte sich in der Winterdämmerung in die Läden auf um einzukaufen. Im ersten Geschäft kaufte er den teuersten Malkasten, den er kriegen konnte, und mehrere Zeichenblöcke. Noch nie hatte er seinem Kind ein solch großes Geschenk gemacht. Erst dann betrat er ein Lebensmittelgeschäft. Hier erwarb er Marzipan und Schokolade, Nüsse, getrocknete Aprikosen, Zucker und Vanille, die seine Frau noch zum Backen brauchte, dazu Mehl und Mandeln. Mit vielen Tüten beladen eilte er Richtung Kirche, band dort im Schuppen seinen Schimmel los und bestieg den Schlitten.

Zu Hause hatte Mutter schon alles zum Christfest vorbereitet. Nils hatte sie in den Wald geschickt, damit er eine Tanne holte. Dabei vergaß er auch seinen Lehrer nicht und suchte sich heimlich das schönste Christbäumchen für Herrn Matthiesen aus. In der Dunkelheit schlich sich der Junge zum Schulhaus, stellte das Tännchen vor die Tür, klopfte an und verschwand ganz schnell. Er verbarg sich hinter dem Schuppen und beobachtete, wie sein Lehrer den Christbaum hereinholte. Wie gerne würde er ihm die Hand drücken und ihm fröhliche Weihnachten wünschen. Aber das traute er sich doch nicht. Er war ja ein gehorsamer Sohn. Zu Hause wollte er sich in sein Zimmer setzen und für seinen Lehrer eine Skizze anfertigen, wie er mit dem Tännchen unter dem Arm im Schein der Lampe in seiner Stube verschwunden war.

Inzwischen war sein Vater aus dem Städtchen heimgekommen und schien ihm plötzlich ganz verändert. Er war viel freundlicher als sonst und versprühte gute Laune. In dieser wohltuenden Atmosphäre ging es Nils viel besser, aber die Freude über den herrlichen Schinken und die anderen Köstlichkeiten, die Mutter bereitet hatte, wollte bei ihm nicht durchbrechen. Ständig musste er an Herrn Matthiesen denken, der nun allein in seiner Stube saß und Weihnachten feiern sollte. Glücklicher wäre er gewesen, wenn sein Lehrer bei ihnen in der Wohnstube unter dem Christbaum hätte sitzen können. Wahrscheinlich dachte Mutter genau so wie er. Aber da sie ja wusste, wie zornig ihr Mann auf den Lehrer war, traute sie sich nicht, eine Bitte zu äußern.

Nach dem Essen hatte es der Vater plötzlich sehr eilig damit, die Kerzen am Baum anzuzünden. Die Weihnachtsgeschichte, wie sie im Lukasevangelium aufgezeichnet ist, las immer die Mutter vor. Danach wurden die alten Lieder gesungen: „Süßer die Glocken nie klingen als zu der Weihnachtszeit" und „Stille Nacht, heilige Nacht". Schließlich war es so weit, dass die Geschenke verteilt wurden. Nils kam zuletzt an die Reihe, weil er der Jüngste in der Familie war. Alle waren bedacht worden. Die Mutter erhielt eine neue Bluse, der ältere Bruder eine scharfe Säge, der zweite Bruder eine Winterjacke und der Vater ein Paar neue Schuhe. Ganz aufgeregt löste Nils das rote Band von seinem Päckchen. Er konnte kein Wort über die Lippen bringen, als er sein Geschenk vor sich sah, wurde ganz rot im Gesicht und schaute nur seinem Vater staunend in die Augen. Behutsam strich er über seinen wunderschönen Malkasten. Er hob ihn hoch und roch an den Farben. Dann blickte er dankbar seinen Vater an, ging auf ihn zu und gab ihm einen Kuss auf die Wange. „Danke, Papa", sagte er laut.

Der Vater drückte seinen Sohn an die Brust. „Nils, du kannst jetzt deinen Lehrer besuchen und ihm deinen Malkasten zeigen. Aber lauf nicht gleich los. Du musst auch für ihn ein Geschenk mitnehmen und ihn dann einladen, zu uns zum Essen zu kommen. Mutter, dir ist dies doch auch recht." Er schaute zu seiner Frau hinüber, und sie nickte. Nils rannte los, so schnell ihn seine Füße durch die Schneewehen tragen konnten, und stürmte in die Wohnung seines alten Freundes.

Herr Matthiesen versuchte gerade, einen Ständer für seine Tanne zu zimmern, aber es wollte ihm nicht gelingen. Auf dem Tisch lagen Nägel, Hammer und ein Bohrer. In der Nähe stand die Flasche mit Schnaps. Elend fühlte er sich. Für ihn gab es kein Weihnachten. Bekümmert blickte er Nils an und legte sein Werkzeug aus der Hand. „Hier, das ist mein Geschenk", strahlte Nils ihn an. „Vater hat ihn mir gekauft. Ist er nicht wunderbar? Er hat ganz viele Farben. Schauen Sie nur. Die Farbe lila gefällt mir am besten. So blühen nämlich unsere Veilchen an der Gartenhecke."

Und dann überreichte der Junge seinem Lehrer auch ein Geschenk. Herrliche Gardinen kamen zum Vorschein, nachdem er das Seidenpapier abgewickelt hatte. Es waren Stores für seine Stube, die er so dringend brauchte. Sogleich holte sich Nils einen Stuhl und stieg darauf. Er brachte die Vorhänge am Fenster an. Richtig wohnlich sah jetzt sein Zimmer aus. „Aber jetzt müssen wir uns beeilen", drängte Nils. „Mutter wartet bestimmt schon auf uns mit dem Essen." Dann stapften sie beide durch den tiefen Schnee.

Es wurde ein herrliches Fest im Hause Holstensen. Der Braten duftete, als er aus der Küche hereingetragen wurde. Außerdem gab es noch Heringssalat und Bratäpfel zum Nachtisch. Der alte Groll war begraben. Ausgesöhnt miteinander sang man die Weihnachtslieder, und dann wurden die Herzen froh.

Das Allerschönste aber ist noch zu berichten. Nils durfte wieder bei seinem Lehrer Zeichenunterricht nehmen. Er wurde wirklich ein Maler, sogar ein berühmter. Das Beste aber ist, dass Herr Matthiesen und Nils wieder für ihr ganzes Leben Freunde wurden und blieben.

Sankt Nikolaus

Mit welch hohen Erwartungen sehnen die Kinder den 6. Dezember herbei. Für die Kleinen wird er nämlich zum Höhepunkt, wenn der Nikolaus mit seinem Sack an der Haustür steht und eingelassen werden will. Er bringt nicht nur herrliche Süßigkeiten, sondern hat auch eine Rute in der Hand, und manches Kind fängt an zu zittern, wenn es an die Versäumnisse in der Schule oder an seinen Ungehorsam gegenüber den Eltern denkt. Doch meist wird jede Peinlichkeit verziehen, wenn Besserung versprochen wird. Aber leider ist die Geschichte vom Nikolaus weithin in Vergessenheit geraten, obwohl sie sehr eindrücklich ist.

Vor langer Zeit im Jahre 1600 gab es in der kleinasiatischen Stadt Myrna großes Entsetzen. Eine Hungersnot war ausgebrochen, wie man sie noch nie zuvor erlebt hatte. Das ganze Land im Umkreis wurde von dieser schrecklichen Plage heimgesucht. Zuerst starben die Kinder und die Alten, aber dann war die ganze Bevölkerung von dieser Katastrophe betroffen. Jeden Tag mussten die Toten mit dem

Leichenwagen auf den Friedhof gefahren werden. Täglich wurden es mehr, und die Menschen wussten sich keinen Ausweg mehr. So suchten sie Hilfe bei Bischof Nikolaus. War er nicht schon immer ein Wohltäter für die Bedürftigen und Armen gewesen? Oft wurde die Geschichte von den drei armen Schwestern erzählt, die auch gerne geheiratet und Kinder bekommen hätten. Aber da sie das Geld für die Aussteuer nicht aufbringen konnten, war ihnen das Glück der Ehe versagt. Und doch geschah eines Tages ein Wunder.

An einem Abend kamen plötzlich drei Beutel mit Geld durch das geöffnete Fenster geflogen. Damit war ihre Not zu einem guten Ende gekommen. Jeder in Myrna ahnte, woher das Geld stammte, aber dieses Geheimnis erzählte man nur unter vorgehaltener Hand weiter. Schon oft hatte man nämlich bemerkt, dass ein Mann in einem weiten Seemannsmantel durch die Straßen ging und in die Fenster schaute um herauszufinden, wie es den Bewohnern erginge. Das kann nur der Bischof sein, munkelte man. Er beobachtete, wie die Kinder auf der Straße spielten, und freute sich mit ihnen. Sein Diener Ruprecht folgte ihm. Entdeckte der hohe Geistliche eine Not, dann erschien am anderen Tage Knecht Ruprecht und nahm sich des Problems an. Die Hilfsbereitschaft des Bischofs hatte sich schon in der ganzen Gegend herumgesprochen, sodass die Matrosen seinen Namen ausriefen, wenn ihr Schiff in Seenot geraten war. Für diese Männer wurde der Bischof zum letzten Anker in der Gefahr. Die Bevölkerung, die nun keinen Ausweg aus ihrer Misere mehr wusste, versammelte sich vor dem Dom und suchte Rat bei ihm. Dem hohen Geistlichen war ihre unausweichliche Lage bewusst. So versuchte er sie zu trösten: „Habt keine Angst! Bald werden ägyptische Schiffe, die mit viel Getreide beladen sind, hier in unserem Hafen anlegen. Dann können wir darauf hoffen, dass ihr endlich Brot für euch und eure Familien erhaltet. Die Schiffe sind schon unterwegs." Daraufhin folgte das Volk dem Bischof in den Dom. Er warf sich vor dem Altar auf die Knie und flehte Gott um Gnade an: „Vater im Himmel, verzeihe uns alle unsere Sünden, erbarme dich über uns und gib uns unser täglich Brot."

Nun warteten sie gespannt. Und dann ging eines Morgens ein lauter Ruf durch die Straßen: „Die Schiffe kommen! Die Schiffe kommen!" Alle eilten zum Hafen, so schnell sie ihre Füße tragen konnten. Auch der Bischof lief ihnen hinterher. Schon sah man in der Ferne die Segel. Wie in einem Freudentaumel riefen die Leute: „Bald sind wir gerettet!" Der Bischof aber versuchte die Menge zu beruhigen. „Noch sind sie nicht da. Der Weg zum Hafen ist noch weit." Plötzlich durchfuhr ein Schrecken die Menschen. Vom Norden tauchten unversehens sehr schnelle Schiffe auf. Seeräuber nahten sich. Stummes Entsetzen ließ die Menschen sprachlos werden. Die bedrohenden Boote schoben sich in einer langen Kette in den Hafen. Die Seeräuber sprangen ans Ufer, und einer von ihnen rief mit grässlich durchdringender Stimme: „Wollt ihr am Leben bleiben, dann füllt uns ein Boot mit Gold. Erst dann gewähren wir den Getreideschiffen den Zugang zu euch."

Ratlos stand das Volk da. Nur langsamen Schrittes bewegten sich die Männer zum Stadtinnern, um ihre letzten Schätze zu holen. Goldmünzen, Ringe und Kettchen wurden ins Boot geworfen. Aber noch forderten die Seeräuber: „Bringt noch mehr herbei! Eine Stunde Zeit lassen wir euch. Bis dahin muss unser Boot mit Kostbarkeiten gefüllt sein. Für jedes fehlende Pfund Gold fordern wir ein Kind, das wir dann als Sklave verkaufen wollen." Die Mütter schrien vor Verzweiflung auf: „Niemals!" Andere Stimmen aus der Menge brüllten in das Geschrei der Mütter hinein: „Wollt ihr etwa, dass wir verhungern? Es ist doch besser, dass unsere Kinder in der Fremde leben und wir nicht Hungers sterben müssen."

Und so gellte der Ruf in der Stadt: „Alle Kinder sofort zum Hafen!" Einer belauerte den andern, dass keiner sein Kind versteckte. Aber den Müttern blutete das Herz. Wie das Vieh wurden die Kinder zusammengetrieben. Die Piraten warfen einen prüfenden Blick auf sie. Schon zerrten sie die ersten in ihre Boote und ließen die Mütter entsetzlich leiden.

Da plötzlich erschien der Bischof mit seinen Diakonen. In ihren Händen trugen sie die kostbaren goldenen Kirchengeräte. Freiwillig übergab der Bischof den Kirchenschatz an die Piraten. So kamen alle Kinder frei und verließen schnell an der Hand ihrer Mütter das Gelände. Die Seeräuber ruderten mit ihren Booten wieder hinaus aufs Meer und die Getreideschiffe fuhren in den Hafen ein. Die Kinder und alle anderen Bewohner der Stadt waren gerettet.

Die Geschichte von der Rettung der Menschen von Myrna aus der Hand der Piraten verbreitete sich in der Gegend wie ein Lauffeuer. Auch die Hungersnot war nun besiegt. Als Bischof Nikolaus am 6. Dezember starb, wurde dieser Tag in aller Welt zum Ehrentag für alle Kinder erklärt. Deshalb kommt der Nikolaus noch heute als Freudenspender in unsere Häuser und beschenkt die Kleinen. Zu Ehren dieses hilfsbereiten Bischofs wurde angeregt, zu Weihnachten ein köstliches Gebäck herzustellen. Diese Plätzchen nannte man Spekulatius. Der merkwürdige Name geht auf den lateinischen Bischofstitel zurück; denn „Spekulatius" bedeutet „Aufseher". Auf jeden kleinen Keks wird dann ein Teil der Geschichte von Sankt Nikolaus aufgedruckt. So sollte niemals mehr die große Tat dieses einzigartigen Mannes vergessen werden, dem die Not der Menschen zu Herzen gegangen war.

„Weihnachten ist das große Wunder der vergebenden Gnade Gottes. Den verlorenen Leuten bietet er ewiges Leben."

Friedrich von Bodelschwingh

Schlummern unterm Weihnachtsbaum

Schon öfter wurde ich gefragt, was ich denn bei der Heiligabendfeier für Obdachlose, Flüchtlinge, Asylanten und andere Bedürftige mit meinen eigenen Kindern mache. Bei Beginn vor 47 Jahren haben wir unser Fest in der Familie einige Tage vorverlegt. Unsere Fünf waren glücklich und haben sich immer gefreut, wenn sie ihre Geschenke schon vor dem 24. erhielten und wir in der Familie Weihnachten so früh feierten. Zum Christfest selbst nahmen wir unsere Tochter und die vier Söhne immer mit in den Saal. Es ist erstaunlich, wie freundlich sie von unseren Gästen empfangen wurden. Oft nahmen diese sie auf den Schoß. Besonders unser Jüngster „genoss" ihre Liebe, wenn sie ihn in ihre Arme nahmen und ihm einen Kuss auf die Wange drückten. Nur manchmal schüttelte er sich und verzog seine Miene, wenn einer der Männer seinen rauen Stoppelbart in sein Gesicht drückte. Unsere Großen waren immer ganz stolz, wenn sie an den Tischen bedienen durften. Dann trugen sie Schüsseln mit Kartoffelsalat und Würstchen herbei. Als zweiten Gang brachten sie Torten, Plätzchen und Kuchen, die gespendet worden waren. Dann strahlten die Augen der Frauen, Männer und Kinder, wenn Schwarzwälder Kirschtorte, Marzipanschnitten oder Heidelbeerkuchen von Café Vetter oder Café Klingelhöfer auf den Tisch gestellt wurden. Solche Köstlichkeiten können sich unsere Gäste fast nie leisten.

Oft trugen unsere Kinder auch zur Gestaltung des Programms bei, denn wir feierten über mehrere Stunden. Sie spielten Trompete oder sagten Gedichte auf. Erfrischend wirkten auch ihre Sketche, mit denen sie den großen Saal zum Lachen brachten. Hatten wir gerade wieder ein Baby in der Familie, dann rückten wir mit einem Kinderwagen an, und der Kleine schlief zufrieden und lange, auch wenn die Musik spielte und die Gäste über einen gelungenen Vortrag laut klatschten. Einmal war unser Dreijähriger so müde geworden, dass er beim Anschauen der Krippe eingeschlafen war. Er wollte das Jesuskind, Maria und Joseph mit all den Schäfchen und Ochsen und Eseln aus der Nähe wahrnehmen. Dabei waren ihm die Augen zugefallen. Ein Obdachloser beobachtete Daniel, kam an den Tannenbaum heran, zog seinen Anorak aus und deckte unseren schlafenden Sohn damit zu. Diese Liebestat berührte mein Herz. Fast war es wie zu Bethlehems Zeiten, als die Hirten und später auch die Weisen zur Krippe eilten und den Gottessohn sehen und ihn anbeten wollten.

So wuchsen unsere Kinder mit dem Gedanken heran: Weihnachten ist für alle da. Früh haben sie begriffen, sich der Schwachen und Hilfsbedürftigen anzunehmen. Heute haben sie selbst Familien, und sie schicken nie einen Bettler vor ihrer Tür weg, ohne ihm eine Mahlzeit, eine Tasse Kaffee oder ein belegtes Brot zu geben. Von Johannes weiß ich, dass er einmal, als er in Frankfurt arbeitete, einen Mann unter einer Brücke fand. Es war kalt, sogar bitterkalt, und der Bruder der Landstraße war total durchgefroren. Da sagte Johannes zu dem Alten: „Warten Sie hier, ich komme gleich wieder." Er eilte in seine Wohnung, holte sich den neuen Schlafsack aus dem Schrank und brachte ihn dem Obdachlosen. Später hat er als Zivildienstleistender im Krankenhaus gearbeitet. Das war für einen jungen Mann, der gerade sein Abitur in der Tasche hatte, keine leichte Sache; denn die Stadtstreicher wurden auf seiner Station eingeliefert. Er nahm die Herausforderung an, wusch die Burschen der Landstraße von Kopf bis Fuß und stutzte ihnen sogar den Bart. Schwierig war es, wenn Johannes ihnen die Fußnägel schneiden wollte. Einmal kam er nach der Nachtwache heim und sah müde und bekümmert aus. „Mutti, heute habe ich bei einem meiner Patienten dreimal das Bett beziehen und ihn auch von oben bis unten waschen müssen. Dieser Mann war total heruntergekommen. Ich hatte auch große Mühe, ihm die Fußnägel zu schneiden. Ein Dankeschön brachte der Alte nie über seine Lippen. Ob er wohl der Meinung war, dass die Kasse ja alles bezahlt?" Ich aber freute mich über die Haltung meines Sohnes. Er hatte das Wort der Bibel verstanden: „Was ihr getan habt einem unter diesen geringsten Brüdern, das habt ihr mir getan, spricht Jesus."

In diesem Jahr werden wir das 47. Mal Heiligabend mit den Einsamen und Bedürftigen feiern. Voller Erwartung schaue ich diesem Tag entgegen und beginne schon früh mit den Vorbereitungen. Christus ist geboren. Das ist das größte Ereignis in der Weltgeschichte, und jeder soll sich darüber freuen. Von Pastor Bodelschwingh fand ich einen ermutigenden Beitrag: „Die Feier von Weihnachten geht allzu schnell vorüber. Was bloße Stimmung war, das verklingt wie eine schöne Melodie. Aber die innere Weihnachtshaltung sollte nicht vergehen. Es ist die Haltung der Leute, die sich dem Christus in seiner Kindesgestalt genähert haben und nun entschlossen sind, nicht wieder den Rückmarsch anzutreten. Jeder wahrhaftige Zusammenschluss mit dem Christuskind soll eine lebenslange Bindung schaffen. Eine Bindung, die Freiheit ist, und eine Freiheit, aus der Dienst erwächst. Wenn heute dein Knien gesegnet und dein Flehen beantwortet wird, dann darf dir das Mut und Lust machen, bei diesem auch für dich geborenen Heiland zu bleiben."

In den letzten Tagen vor Weihnachten waren die Stadtbusse überfüllt. Dicht gedrängt standen die Menschen mit ihren prallen Einkaufstaschen im Gang. Kein Apfel ging mehr zur Erde. Sie versuchten, sich an den Haltegurten festzuhalten, aber nicht jeder erwischte einen. An diesem Nachmittag war ich mit meinen fünf Kindern unterwegs, um für sie Winterstiefel zu kaufen. Der Herr in dem Schuhgeschäft war wohl sehr glücklich gewesen über den tollen Verkauf. Gleich fünf Paar Winterstiefel brachten einen guten Batzen in die Ladenkasse. So hatte er unsere Tochter und vier Söhne mit lauter bunten Luftballons beglückt. Die Freude war groß. Stiefel und Luftballons bekamen sie nämlich nicht alle Tage. Nun standen wir an der Haltestelle und warteten auf den Bus. Dieser rollte total überfüllt langsam heran. Ich fürchtete schon, nicht mehr mitgenommen zu werden, und trat auf dem Bürgersteig weiter zurück. Der Fahrer sah mich mit meinen kleinen Kindern, hatte Mitleid mit mir, stand vom Sitz auf und rief in die Menge:

„Bitte rücken Sie noch etwas dichter zusammen, dass wir für die Mutti mit ihren fünf Trabanten Platz schaffen." Sein Wort zeigte Erfolg, und er rief mir zu: „Junge Frau, steigen Sie ein mit Ihren Kleinen! Haltet eure Luftballons schön hoch, damit sie euch nicht zerdrückt werden." Ich bedankte mich freundlich für die Hilfsbereitschaft beim Fahrer und stieg ein. Natürlich hielt ich den Atem an, denn würde ein Luftballon im Gedränge platzen, wäre ein heftiges Geschrei nicht mehr zu vermeiden gewesen. Eine Frau –, sie schien aus der Türkei zu kommen, denn sie trug einen langen Rock und ein Kopftuch –, stand sogar auf und bot mir ihren Platz an. So konnte ich sogleich meinen Jüngsten auf den Schoß nehmen. Einige Mitfahrer hatten sogar an meinen fröhlichen Kindern und den bunten Luftballons ihren Spaß und lachten sie an. Es gab aber auch einige wenige, die im Flüsterton sagten, sodass ich es doch hören konnte: „Wie kann man heutzutage nur fünf Kinder in die Welt setzen!" Ich kümmerte mich nicht um derlei Gerede, denn ich fühlte mich als reiche, glückliche Mutter. So fuhren wir von der Elisabethkirche bis in unseren Stadtteil. Inzwischen war es im Bus leerer geworden. An der Diakoniestation wollte ich aussteigen. Ich bedankte mich noch bei der Türkin, dass sie mir ihren Platz angeboten hatte, lächelte dem Busfahrer freundlich zu, sprach auch ihm meinen Dank aus und wünschte ihm noch viele unfallfreie Fahrten. „Sie sind ein wunderbarer Mensch. Sie haben Verständnis für geplagte Mütter mit vielen Kindern." Prompt erwiderte er mir: „Wie könnte ich auch anders. Zu Hause habe ich auch vier Buben, und im Übrigen ist ja bald Weihnachten. Das regt immer zu einer guten Tat an. Frohes Fest!"

Meine Kinder winkten dem freundlichen Fahrer mit ihren bunten Luftballons zu, die trotz der Enge alle heil geblieben waren.

Das ist meine Tochter

Es war so kurz vor dem Christfest. Wieder waren nach einem reichen Einkaufstag die Busse voll besetzt. Die Luft drinnen war stickig, und weil es draußen so stark regnete, wurde die Nässe auch durch die Regenmäntel und Schirme ins Innere des Wagens gebracht. Vor mir stand ein dunkelhaariges Mädchen mit Augen wie Perlen. Auch ihr Teint ließ darauf schließen, dass sie keine Europäerin war. Als der Bus ziemlich flott nach rechts abbog, wurden die Insassen etwas durcheinandergewirbelt und eine ältere Dame schrie laut auf: „Das Mädchen ist auf mich gefallen. So eine Unverschämtheit! Die freche ausländische Göre hat mich zur Seite geschubst. Fast wäre ich gestürzt!" Die anderen Mitreisenden blickten erschrocken auf. „Ich hätte mir ein Bein brechen können. Und was das in meinem Alter bedeutet, kann sich jeder selbst lebhaft vorstellen. Diese Fremde nimmt überhaupt keine Rücksicht. Unerhört ist das! Rausschmeißen müssten sie die dreckige Göre. Sie soll doch bleiben, wo der Pfeffer wächst, und sich nicht hier in unserem schönen Land benehmen wie ein Banause. Halten Sie an und schmeißen Sie die gemeine Person raus! Soll sie doch zu Fuß weitergehen, wenn sie nicht weiß, wie man sich in Deutschland benimmt."

Den anderen Mitfahrenden war dieser Wutausbruch peinlich. Nichts, aber auch gar nichts hatte das Mädchen gemacht; denn alle Fahrgäste waren durch die schleudernde Kurvenbewegung etwas hin und her gerüttelt worden. Der Fahrer schien das Schimpfen der Frau nicht hören zu wollen. Er sagte zunächst kein Wort. Das Kind hatte nach dem Anrempler der alten Dame zum Sprechen angesetzt. Wahrscheinlich wollte es sich entschuldigen, obwohl es das Missgeschick gar nicht verursacht hatte. Aber da die alte Dame so zornig reagierte, sagte es kein Wort und schlug seine wunderschönen großen, dunklen Augen zu Boden. Das Mädchen hatte Angst.

„Kommt mir denn niemand zur Hilfe?", brüllte die ältere Mitreisende. „Ich bin eine anständige, vornehme Frau. So ein scheußliches Benehmen eines lumpigen Türkenmädchens habe ich nicht verdient! Halten Sie an und werfen Sie dieses Miststück endlich raus!"

Der Bus bremste jetzt und hielt an der nächsten Haltestelle. Der Fahrer erhob sich von seinem Sitz, schob seine blaue Dienstmütze in den Nacken und rief laut in den Bus hinein: „Das Kind bleibt hier. Es ist meine Tochter!" Plötzlich verfinsterte sich das Gesicht der Alten. Sie wurde ganz bleich, packte ihre Tasche und verließ fluchtartig den Bus. Die anderen Fahrgäste atmeten erleichtert auf. Dann rollten die Räder wieder weiter. An der Endstation ging die junge Türkin auf den Fahrer zu und bedankte sich herzlich für sein mutiges Eingreifen. „Reg dich nicht auf, Kleines. Ich kann dich gut verstehen. Zu Hause habe ich auch eine solch wunderschöne Tochter wie dich. Ich konnte gar nicht anders handeln. Denn ich mag Kinder. In diesem Augenblick der heftigen Beschimpfungen sah ich meine Judith vor Augen. Wahrscheinlich seid ihr gleich alt. Der Satz, der die Wutausbrüche der Dame endlich zum Schweigen gebracht hatte, ist mir einfach über die Lippen gerutscht. Und nun, Frohe Weihnachten, liebes Kind!"

Geht es uns nicht auch so wie in diesem Beispiel? Wenn wir unter falschen Anklagen leiden und Menschen uns ablehnen und verachten, stellt Gott sich doch auf unsere Seite und ruft uns freundlich zu: „Um Christi willen seid ihr meine lieben Kinder." Dafür ist er in Bethlehem geboren und uns ganz nahe gekommen.

Weihnachten im Hause Bonhoeffer

Die Vorweihnachtszeit war im Hause Bonhoeffer aufregend und mit viel Arbeit verbunden. Die Familie war sehr sozial eingestellt und wollte auch die Menschen nicht vergessen, die bedürftig waren und denen sie unbedingt helfen wollte. So ordnete die Mutter in der Adventszeit an, dass in der Küche große Körbe mit Lebensmitteln gefüllt wurden, und trug den Kindern auf, diese wunderbaren Köstlichkeiten den Armen, Kranken und Bedürftigen zu bringen. Sie wurden losgeschickt und waren beglückt, wenn sie erlebten, wie sehr sich die Menschen über solche reichen Gaben freuten. Anstrengend waren aber diese langen Wege zur fröhlichen Bescherung schon. Aber dann kam der Heilige Abend für die Familie, und er wurde immer festlich begangen. Zunächst wurde die Geschichte von der Geburt Christi vorgelesen. Im großen Familienkreis saßen sie alle beisammen. Auch das Dienstpersonal nahm daran teil. Die Hausmädchen in ihren weißen Schürzen hatten mit dem Chauffeur und dem Gärtner im Salon Platz genommen. Alle waren gespannt und erwartungsvoll, bis die Mutter die Bibel aufgeschlagen hatte. Ihre Stimme war fest und klar, und man merkte ihr nicht mehr an, wie sehr die Weihnachtsüberraschungen sie angestrengt hatten. Mit dem Kommen des Heiligen Abends schienen die Mühen der vorangegangenen Tage, die sie viel Kraft gekostet hatten, vergessen. Nach dem Evangelium aus Lukas 2 stimmte die Mutter das Lied an: „Dies ist der Tag, den Gott gemacht." Oft musste sie sich die Tränen aus den Augen wischen, wenn sie an die Strophe kam:

> *„Wenn ich dies Wunder fassen will,*
> *so steht mein Geist vor Ehrfurcht still.*
> *Er betet an und er ermisst,*
> *dass Gottes Lieb ohn Ende ist."*

Auch bei den Worten der Weihnachtsgeschichte flossen ihr die Tränen über die Wangen, wenn sie las: „Maria aber behielt alle diese Worte und bewegte sie in ihrem Herzen." Die beiden Zwillingskinder Dietrich und Sabine waren sehr betroffen, wenn sie ihre Mutter weinen sahen. Sie wurden erst dann froh, als Mutters Augen wieder klar leuchteten.

Danach wurde das Licht ausgelöscht und es wurde ein Weihnachtslied nach dem andern im Dunkeln gesungen. Lautlos verließ dann der Vater das Zimmer und zündete die Kerzen am Tannenbaum und an der Krippe an. Erst wenn das Christkind klingelte, wurde die Flügeltür geöffnet. Die drei Jüngsten durften zuerst in das herrlich geschmückte Weihnachtszimmer gehen. Gemeinsam wurde dann laut das Lied geschmettert: „Der Christbaum ist der schönste Baum." Alle Strophen hatten die Kinder auswendig gelernt. Erwartungsvoll sahen sie der Bescherung entgegen.

Auch der Silvesterabend wurde immer festlich begangen. Am Weihnachtsbaum zündete Vater noch einmal alle Kerzen an. Es gab heißen Punsch zu trinken. Wieder war es die Mutter, die Verse aus der Bibel vorlas. Diesmal war es Psalm 90. Wie trostvoll klangen die Worte: „Herrgott, du bist unsere Zuflucht für und für."

Mit solch einer wunderbaren Verheißung konnte man mutig ins Neue Jahr gehen. Inzwischen waren die Kerzen fast niedergebrannt und im Zimmer wurden die Schatten länger. Als das alte Jahr am Ausklingen war, sang die große Familie das Lied von Paul Gerhardt:

„Nun lasst uns gehn und treten
mit Singen und mit Beten
zum Herrn, der unserm Leben
bis hierher Kraft gegeben.

Ach, Hüter unsers Lebens,
fürwahr, es ist vergebens
mit unserm Tun und Machen,
wo nicht dein Augen wachen.

Gelobt sei deine Treue,
die alle Morgen neue;
Lob sei den starken Händen,
die alles Herzleid wenden.

Sprich deinen milden Segen
zu allen unsern Wegen;
lass Großen und auch Kleinen
die Gnadensonne scheinen.

Das alles wollst du geben,
o meines Lebens Leben,
mir und der Christen Schare
zum selgen neuen Jahre."

Wenn alle Strophen gesungen waren, hörte man schon den laut tönenden Klang der Glocken, die das Neue Jahr einläuteten.

Nach einem Familienfest war ich am Abend noch so angeregt, dass ich nicht sofort ins Bett gehen wollte. So setzte ich mich in den Sessel und schaltete den Fernseher ein. Ich zappte durch die verschiedenen Programme. Plötzlich hörte ich den Namen Guben und war wie elektrisiert. Eine Dokumentation über die Arbeit der Heilsarmee wurde ausgestrahlt. Guben war der erste längere Aufenthalt auf unserer Flucht 1945 gewesen. Die Angst vor den herannahenden russischen Panzern trieb uns an. So fuhren wir mit unseren beiden offenen Kastenwagen mit sechs Pferden Tag und Nacht. Nur ab und zu hielt unser Treck an, damit die Tiere getränkt und gefüttert werden konnten. Großes mussten sie leisten, denn der Weg war lang und beschwerlich. Am 19. Januar waren wir aufgebrochen, als die feindliche Front immer näher rückte. Auch trieb unseren Vater die Sorge um, ob wir denn unbeschadet die Oder überqueren konnten. Denn oft sprengten die deutschen Soldaten auf ihrem Rückzug die Brücken. Wir atmeten tief durch, als wir in Glogau den Fluss überquert hatten. Eine wichtige Hürde war genommen. Nach einer kurzen Rast ging es dann weiter immer westwärts. Wenn in der Nacht die Sterne aufzogen und den Himmel in ein herrliches Lichtermeer verzauberten, kuschelten wir uns in unsere Deckbetten, die unsere Angestellte Krulka uns noch kurz vor der Abfahrt auf den Wagen geworfen hatte. Kalt war es, bitterkalt, und oft breitete sich über uns eine leichte Schneedecke, deren Kristalle schimmerten. Minus 20 Grad zeigte das Thermometer an.

Guben war die erste Stadt, in der wir einen Aufenthalt von zwei Tagen einschieben konnten. Wir hatten inzwischen einen größeren Abstand zur Front erreicht. Bei einer gastfreundlichen Familie fanden wir ein Quartier und konnten zum ersten Mal in warmen Federn schlafen. Unsere Wirtin hatte uns schon Betten gerichtet. Hier konnten wir uns nach einer Reihe von Tagen auf dem Pferdewagen gründlich waschen. In der Küche wurde für uns ein großer Topf mit Bohnensuppe gekocht. Wie wunderbar schmeckte uns das warme Essen. In großer Dankbarkeit denke ich an diese wunderbare Familie, die uns Flüchtlinge so liebevoll aufgenommen hat. Mit ihren Buben durften wir im Kinderzimmer Eisenbahn und Kasperletheater spielen. Hier waren wir wie zu Hause. Diese erste Nacht, die wir nicht unter freiem Himmel verbringen mussten, war uns ein schönes Geschenk.

So wird es verständlich, dass ich aufhorchte, als ich den Namen Guben im Fernsehen vernahm. Es wurde vor allem von einem jungen Ehepaar mit einem Baby berichtet. Sie sahen darin eine Berufung, hier weit im Osten eine Station für die Heilsarmee aufzubauen:

Vor allem sammeln sie Kinder, die es in großer Zahl in den Plattenbauten gibt. Welch segensreiche Spur wird dadurch in dieser Stadt gelegt. Gottesdienste finden jeden Sonntag statt. Außerdem ist ein Familiencafé eingerichtet worden. Andere junge Christen haben sich noch in diese Arbeit rufen lassen, und so verteilen sie auf den Straßen Einladungszettel. Menschen, die Jesus noch nicht kennen, finden den Weg in die Räume der Heilsarmee, hören das Wort Gottes und lassen sich in die Nachfolge Christi rufen. Ihnen kann auch durch Kleidung geholfen werden.

Mir wurde so warm ums Herz, als ich von dieser so wichtigen Arbeit hörte. Spontan beschloss ich, ein großes Paket zum Brandenburgischen Ring 55 nach Guben zu schicken. Weihnachten nahte ja bald. Allein 50 Kinderbücher waren darin enthalten und viele Bücher für Erwachsene. Es ist unsere Aufgabe als Christen, das Wort von Gott weiterzutragen.

Einige Tage später erreichte mich ein dankbarer Brief mit einem ausführlichen Prospekt der Heilsarmee. Das Geschenk war angekommen und hatte Freude bereitet.

Ein halbes Jahr später stand diese nette junge Familie in unserem Wohnzimmer mit einem zweiten Kind, einem Baby. Wir verlebten einen wunderschönen Nachmittag.

Das Kind in der Krippe

Heftig fegte der Wind durch die Gassen. Die herbstlich sonnigen Tage waren schon längst vorbei, und der Winter stand vor der Tür. Für einen Südländer aus Sizilien waren die Adventstage alles andere als angenehm. In stillen Stunden träumte Pedro von seinem warmen, freundlichen Land, und nichts hätte ihn nach Deutschland getrieben, wenn er nicht seinen Arbeitsplatz in der Autoindustrie verloren hätte. Für seine junge Familie musste er den Lebensunterhalt sichern. Als die ersten Gastarbeiter einen Teil ihres Lohnes nach Italien schickten und in Briefen mitteilten, in welch hoffnungsvollem Wirtschaftswunderland sie Arbeit und Brot gefunden hätten, machte auch er sich mit seiner Lolita und seiner kleinen Antonia auf den Weg nordwärts über die Alpen. Die beste Jahreszeit für seinen Aufbruch nach Deutschland hatte er sich nicht ausgesucht. Es war frostig kalt. Aber da sein früherer Nachbar ihm bei Daimler in Böblingen einen Arbeitsplatz und eine kleine Zweizimmerwohnung versprochen hatte, hielten ihn keine zehn Pferde mehr in seinem Heimatland. Die Arbeitslosigkeit in Sizilien hatte ihm schwer zu schaffen gemacht und ihn fast ins Unglück gestürzt. Aber ganz so rosig sah es mit dem Verdienst in Deutschland doch nicht aus. Erst am 15. Januar konnte er bei der Firma angestellt werden. Die Ersparnisse waren in den letzten vier Wochen vor Weihnachten schnell aufgebraucht. Nach Abzug blieben ihm in der zweiten Dezemberwoche nur 12 DM übrig. Hinzu kam, dass Lolita unbedingt in die Stadt wollte. Die kleine Antonia hatte sie ihm in die Arme gedrückt. „In einer halben Stunde bin ich wieder zurück. Ich will uns eine Überraschung zum Fest machen. Gib mir 10 DM." Sie nahm den Schein aus dem Portemonnaie und schon war sie um die nächste Ecke verschwunden.

Pedro fing an zu grübeln. Über eine Stunde war seine Frau schon weg. Was wollte sie nur vom letzten Geld kaufen? Schließlich zog er seine Jacke an, hüllte die Kleine in ein warmes Tuch und wollte mit ihr spazieren gehen. Lolita müsse ja jeden Augenblick wieder erscheinen. Er wartete aber vergeblich, ging auf den Straßen auf und ab und stand schließlich vor einer Kirche. Die Tür war nicht verschlossen. So trat er ein, denn das Kind war ihm auf seinen Armen schwer geworden. Drinnen war es wohlig warm. Von der Orgelempore hörte er einen Kinderchor das Lied proben: „Vom Himmel hoch, da komm ich her." Es waren ja nur noch wenige Tage bis Weihnachten. Vor dem Altar stand schon eine herrlich geschmückte Tanne, und für das Krippenspiel war eine Wiege aufgestellt. Mit einem warmen, weißen Schafsfell war sie ausgeschlagen. Antonia war ihm auf dem Arm eingeschlafen. Da kam ihm die leere Wiege ganz recht. Er legte die Kleine darin ab, setzte sich auf eine Kirchenbank und lauschte den herrlichen Chorälen, die von der Orgel zu ihm drangen.

Nach etwa einer Dreiviertelstunde war die Chorprobe vorüber. Und nun wollte der junge Vikar mit einigen Jungen und Mädchen das Krippenspiel einüben. Die Buben stürzten zuerst zum Altar und waren überrascht, als sie das Baby schlafend in der Wiege fanden. „Ein Christkind, ein richtiges Christkind!", riefen sie laut. Etwas erstaunt sahen die Kinder den Säugling, der plötzlich durch den lauten Ausruf wach geworden war, an.

Schnell stand Pedro vor seinem Töchterchen und wollte es auf den Arm nehmen.

„Lassen Sie das Kind doch ruhig liegen. Vielleicht schläft es sogleich wieder ein. Ist das Ihr Kind? Warum haben Sie es in der Krippe abgelegt?" Mit nur wenigen Sätzen klärte Pedro den Pastor auf. Er erzählte ihm, dass er erst vor kurzem nach Deutschland gekommen sei, und verheimlichte ihm auch nicht die Not, in der die junge Gastarbeiterfamilie steckte. Er brauche dringend einen Job für einen Monat, erklärte er dem Geistlichen. Vielleicht wisse er einen Rat in dieser Bedrängnis.

Pastor Weigold hatte das Herz auf dem rechten Fleck. Er lud Pedro mit seiner jungen Familie ein, über die Feiertage ihr Gast zu sein. Sie hätten auch Kinder, aber im Pfarrhaus gäbe es genug Platz. Heiligabend sei um 18 Uhr die Christmette, und anschließend könne das junge Paar mit der kleinen Antonia zu ihnen zum Feiern kommen. Sie sollten über Weihnachten keine Not haben. Pedro bedankte sich für die freundliche Einladung, musste sich aber jetzt schnellstens auf den Heimweg begeben. Zu Hause würde sicher seine Lolita auf ihn warten.

Muss ich noch erwähnen, dass für Pedro und seiner Familie wunderbare Festtage bevorstanden? Nicht nur ein köstliches Mahl wartete nach der Feier in der Kirche auf sie, sondern unter dem Weihnachtsbaum im Pfarrhaus lagen noch ein warmer Anorak und ein gestrickter Schal mit passender Mütze für seine Frau, und für Antonia ein Briefumschlag mit Geld für die ersten Schuhe. Außerdem wurde den Italienern noch ein herrlicher Korb mit Lebensmitteln geschenkt. Das Allerschönste aber war, dass Pastor Weigold und Pedro Freunde wurden. Der Pfarrer konnte dem Gastarbeiter sogar für einen Monat einen Job besorgen. Eine ältere, gehbehinderte Dame war glücklich darüber, dass Pedro den Schnee wegkehren und die Einkäufe tätigen wollte. Das alles aber hatten sie Antonia, dem Kind in der Krippe, zu verdanken.

Weihnachten im Erzgebirge

Nirgends können die Menschen so prachtvoll Weihnachten feiern wie in der Region von Erzgebirge und Vogtland. Schon in der Adventszeit sind die Straßen erleuchtet und mit Tannenbäumen geschmückt. Aus jedem Fenster grüßt ein Engel, ein Bergmann, ein Stern oder die Krippe von Bethlehem. Wer einmal durch die Orte gefahren ist, wird von ihrer einmaligen Schönheit geblendet. Und betritt man erst die Wohnungen der Erzgebirgler, so kommt man aus dem Staunen gar nicht mehr heraus. Mir jedenfalls ist es so ergangen. Wie es wohl in den Kirchen aussieht? Die Freude über diesen Anblick ist mir bisher noch nicht zuteil geworden. Aber erzählt haben mir die Dorfbewohner davon. Im Stillen hoffe ich darauf, dass ich dieses Erlebnis einmal haben werde.

Kürzlich entdeckte ich eine kleine Geschichte, die mir gefallen hat. Ungefähr so ist sie mir in Erinnerung geblieben: In einer Schule nahe der tschechischen Grenze bespricht ein Lehrer mit seinen Schülern die Weihnachtsgeschichte. Spannend weiß er zu berichten, wie schon Adam und Eva aus dem Paradies vertrieben wurden. Gott stellte einen Cherub mit einem flammenden Schwert vor die Pforte. Kein Mensch durfte die verloren gegangene Heimat wieder betreten. Welch ein Elend muss das für sie bedeutet haben. So fragt der Lehrer: „Kinder, könnt ihr euch vorstellen, was wohl Adam und Eva gedacht haben, als sich ihr erster Schreck gelegt hatte und sie nun draußen vor dem Paradies bleiben mussten?" Die kleine Ruth überlegt kurz und sagt dann: „Adam, mer wolln ner erseht amol abworten. Vielleicht isses hausen au ganz schie." (Adam, wir wollen erst einmal abwarten. Vielleicht ist es hier draußen auch ganz schön.)

Sicher hat der Lehrer eine solche Antwort nicht hören wollen. Sie entspricht auch nicht der biblischen Erwartung. Aber haben nicht viele Menschen in unserem Land solch eine Vorstellung vom Paradies und kümmern sich wenig um den Ernst der Lage? Jedenfalls hat Ruth versucht, dieser düsteren Geschichte doch noch eine gute Seite abzugewinnen. Aber die Wahrheit ist ja, dass wir alle geschädigte Leute sind. Durch die Sünde der ersten Menschen hat sich uns die Herrlichkeit bei

Gott verschlossen. Wir leben im Elend. Und doch hat sich der Herr über uns erbarmt. Er litt selbst unter unserem Kummer. Ihm tat es leid, dass wir das Paradies verloren haben.

Dieser Gedanke bewegt auch einen kleinen Jungen. Er meldet sich, und seine Antwort auf die Frage des Lehrers ist tiefgründiger. „Jech denk, dr Adam kunnt ze seiner Fraa sogen: ‚Eva, tu ner gut aufpassen – un ball dar Dingrich amol weg is, gitf s widder nei!'" (Ich denke, der Adam konnte zu seiner Frau sagen: Eva, pass nur gut auf, und sobald der Kerl einmal weg ist, geht's wieder hinein.) Aber hier irrt sich auch der Schüler. Von uns aus kann keiner ins Himmelreich gelangen. Von selbst verlässt auch der Cherub nicht die Pforte. Doch am Christabend geschah unsere Befreiung. Gott selbst hat einen Ausweg aus unserer Misere geschaffen. Voller Jubel dürfen wir singen:

„Lobt Gott, ihr Christen, alle gleich
in seinem höchsten Thron,
der heut schließt auf sein Himmelreich
und schenkt uns seinen Sohn."

Und in der letzten Strophe des Liedes wird dieser Gedanke noch einmal weitergeführt:

„Heut schließt er wieder auf die Tür
zum schönen Paradeis,
der Cherub steht nicht mehr dafür,
Gott sei Lob, Ehr und Preis!"

Damit ist eine neue Zeit angebrochen, und der Weg ins Paradies ist uns allen erschlossen.

Das weinende Kind am Heiligabend

Eigentlich ist es ungewöhnlich, dass ein Kind an Weihnachten weint. Es ist doch ein so schönes Fest. Christus ist geboren, unser Erlöser und Heiland. Wir singen an Heiligabend: „Christ, der Retter ist da." Es soll doch für uns ein Freudenfest sein, das unsere Herzen höher schlagen lässt. Da ist Weinen nicht angesagt. Aber vielleicht ging es Conny nicht gut und sie hatte Halsschmerzen. Es kann auch sein, dass sie etwas angestellt hatte und nun von Angst überfallen wurde. Oder hat vielleicht der Vater seine Arbeitsstelle verloren, und die Mutter weiß nun nicht, ob sie überhaupt Geschenke kaufen kann; denn das Geld im Portemonnaie ist knapp geworden? Es kann auch gut sein, dass die Kleine deshalb weint, weil Vater und Mutter sich trennen wollen und sie nun nicht weiß, bei wem sie bleiben soll. Sie liebt doch beide. So gibt es viele Gründe, warum ein kleines Mädchen am Christfest weinen kann. Aber alle diese Vermutungen treffen auf Conny nicht zu. Sie hat auch nicht zu Hause unter dem Tannenbaum geweint, sondern in der Kirche. Und das war so seltsam; denn das Gotteshaus war doch festlich geschmückt. Die Orgel verkündete laut: „Dies ist der Tag, den Gott gemacht." Der Knabenchor hatte das Lied eingeübt: „Ihr Kinderlein kommet", und in die letzten beiden Strophen hat die Gemeinde kräftig mit eingestimmt. Jeder Kirchenbesucher hätte bei dieser festlichen Stimmung fröhlich und glücklich sein müssen. Etwas war aber für Conny schwer zu begreifen. Der Pfarrer hatte wohl in seiner Predigt mehr die älteren Leute im Blickfeld. Deshalb war es für Conny schwierig, seinen Worten zu folgen. Aber da sie ein frommes, artiges Mädchen war, schwatzte sie nicht etwa mit einer Freundin oder wurde unruhig, weil sie die Worte des Pastors nicht verstehen konnte. Sie hing auch nicht dem Gedanken nach, was sie wohl als Geschenk unter dem Tannenbaum finden würde. Sie musste immer wieder an die Krippe zu Bethlehem denken, an Maria und Joseph und an all die Schäfchen und an die Esel und an die Ochsen, wie sie in den Krippenfiguren dargestellt waren. Das Baby sah so zart und schön aus, und Marias Augen strahlten beim Anblick ihres Kindes fast so wie die Sterne am Himmel.

Und nun fiel Connys Blick plötzlich auf das große Bild über dem Altar. Sie hatte es schon oft gesehen, aber noch nie hatte es einen solch starken Eindruck auf sie gemacht wie heute. Da hing Jesus blutüberströmt am Kreuz. Er war an Händen und Füßen angenagelt und musste schrecklich leiden. Sein Angesicht war schmerzerfüllt. Auch wenn Conny in dem Leidensmann den Herrn Jesus erkannte, war es für sie unverständlich, dass er zugleich das liebliche, süße Kind in der Krippe sein sollte, das die Hirten auf ihren Knien anbeteten, während die Engel im Himmel jubelten: „Ehre sei Gott in der Höhe und Friede auf Erden und den Menschen ein Wohlgefallen." Warum nur haben sie Jesus nicht lieben können? Er war der Gottessohn, der viele Kranke geheilt, ja Menschen sogar vom Tode auferweckt hatte, und wurde doch drangsaliert wie der schlimmste Übeltäter. Schrecklich war diese Kreuzigung. Und plötzlich liefen Conny die Tränen aus den Augen und tropften auf ihren Mantel. Sie barg ihr Gesicht in dem Schal, aber ihr

Schwesterchen hatte doch ihre Traurigkeit bemerkt. „Conny weint", flüsterte sie ihrem Vater ins Ohr. Dieser nahm seine Tochter in die Arme und trocknete das Nass von ihren Bäckchen ab. Die liebevolle Zuwendung ließen ihre Tränen wieder versiegen und sie war getröstet. Sie wurde wieder so fröhlich, wie man zu Weihnachten immer sein sollte.

Vielleicht wird sich mancher von uns fragen: Warum habe ich noch nie beim Anblick des gekreuzigten Heilands geweint? Es ist schwierig, darauf eine befriedigende Antwort zu finden. Vielleicht war Conny ein besonders sensibles, feinfühliges Mädchen, zart besaitet und empfindsam. Aber sollte uns unter dem Christbaum und beim Anblick des Gekreuzigten nicht auch zugleich bewusst werden, dass Weihnachten und Karfreitag, Krippe und Kreuz eng zusammen gehören? Nie dürfen wir vergessen, dass Jesus in eine schreckliche Welt hineingeboren wurde. Seine Geburt dürfen wir eigentlich nur im Anblick seiner Passion sehen. Maler haben oft über der Krippe den Kreuzesbalken im Stall von Bethlehem dargestellt. Ein recht altes Lied, dessen Verfasser mir unbekannt ist, macht dies deutlich:

„Wer kann die Liebe recht erhöhn,
ja, wer vermag es einzusehn,
wie ihn der Menschen Leid bewegt?

Des Höchsten Sohn kommt in die Welt,
weil ihm ihr Heil so wohl gefällt.
So will er selbst als Mensch geboren werden. "

Und die Strophe eines anderen Liedes pflichtet dieser Aussage bei:

„Er ist auf Erden kommen arm,
dass er unser sich erbarm
und in dem Himmel mache reich
und seinen lieben Engeln gleich. Kyrie eleis!"

Ja, es ist wahr, Krippe und Kreuz gehören untrennbar zusammen.

Im Januar 1943 verließ das letzte Flugzeug Stalingrad. In dem Flugzeug lagen auch einige Postsäcke mit Briefen von Soldaten, die zurückbleiben mussten. So schrieb ein noch sehr junger Unteroffizier:

„Heute ist Heiliger Abend. Noch nie habe ich ein so schlimmes Weihnachtsfest erlebt wie jetzt. Ich fühle mich elend und von unserer militärischen Führung verraten und verkauft. Fast habe ich keine Kraft mehr, dir, liebe Mutter, diese Zeilen zu schreiben. Wir haben heute Morgen 50 Gramm Brot und 20 Gramm Fleisch erhalten. Mehr gibt es nicht in dieser Schneewüste. Immer mehr schließt sich der Kreis von feindlichen Truppen um uns, und es wird wohl kein deutsches Flugzeug mehr zu uns stoßen können, um uns aus dieser Hölle herausholen zu können. Wir werden auch keine Post mehr erhalten. Neben mir liegen Schwerverwundete. Sie brauchen dringend ärztliche Hilfe. Aber sie wird ihnen wohl versagt bleiben, denn keine Transportmaschine wird sie in ein Frontlazarett bringen können. Es ist zum Verzweifeln, und noch nie war ich an einem Heiligabend so traurig wie jetzt. Ich klammere mich an die Losung dieses Tages. Es ist das Einzige, das mich erhält und mir ein wenig Trost gibt. In Psalm 27 heißt es: „Mein Vater und meine Mutter verlassen mich, aber der Herr nimmt mich auf." Diese Zusage ist mir ein rechtes Weihnachtsgeschenk des Himmels. Sonst bleibt mir nichts mehr. Sei herzlich gegrüßt von deinem Johannes. Ob wir uns noch einmal auf Erden wiedersehen werden? Aber bestimmt im Himmel."

Eine besondere Andacht an Heiligabend

In einem anderen Brief eines unbekannten Soldaten heißt es:

„Heute Abend zur Christnacht habe ich mit elf Kameraden in einer fast ganz zerstörten Hütte Andacht gehalten. Es war mir nicht leicht, sie aus der Schar der Verzweifelten und Entmutigten zu einer kurzen Feierstunde einzuladen. Aber dann kamen sie doch und hörten meinen Worten zu. Es ist wohl eine kleine, etwas seltsame Gemeinde, die hier in der Hölle von Stalingrad den Geburtstag von Jesus Christus begehen will. Es fehlt uns an allem. Wir haben keinen Tannenbaum und auch keinen Altar. Über eine Kiste, in der gestern noch Munition verstaut war, habe ich einen feldgrauen Soldatenrock gehängt. Gestern stand ich noch neben dem, der ihn getragen hat. Aber ich konnte ihn nicht mehr retten, sondern ihm nur noch die Augen zudrücken und seine Hände über der Brust falten. Seiner jungen Frau in der Heimat will ich noch einen trostvollen Brief schreiben. Der Herr möge die Trauernde in seine Arme schließen. Dann las ich meinen Kameraden noch die Weihnachtsgeschichte vor, wie sie in Lukas 2 aufgezeichnet ist. Anschließend feierten wir noch das Heilige Abendmahl. Von einem Stück Schwarzbrot brach sich jeder etwas ab, und ich sprach die Einsetzungsworte. Wein hatten wir nicht. Ich flehte um Gottes großes Erbarmen. Nur er kann uns noch helfen. Ich sah in ihre ausgehungerten, verzweifelten Gesichter und musste Gott ernstlich bitten, mich standhaft bleiben zu lassen. Am liebsten würde ich selbst laut losheulen, wenn ich die jungen Kerle vor mir sehe. Die meisten sind 18 bis 22 Jahre alt. Nur einer ist älter und hat zu Hause eine Frau und drei Söhne. Der Gedanke an seine Familie, wie sie traurig unter dem Tannenbaum sitzt, lässt mein Herz bluten. Meine Aufgabe sehe ich hier, den Kameraden Trost und Mut zuzusprechen. Ob wir aber aus diesem Krieg lebend wieder nach Hause kommen? Kein Mensch weiß das. Aber wir gaben uns alle das Versprechen, einander beizustehen und zusammenzuhalten. Dann reichten wir uns noch die Hände. Meine lieben Eltern, betet für mich! Ich will mein Haus bestellen, so wie es in der

Bibel heißt, denn ich weiß nicht, ob wir uns noch einmal wiedersehen können. Die eine Gewissheit bleibt mir: Gott will uns gnädig sein."

Das Weihnachtslicht

Im Erzgebirge ist es Sitte, dass zur Weihnachtszeit eine besonders dicke, wohl geformte Kerze auf einem Leuchter mitten auf den Esstisch gestellt wird. Es gibt dazu auch ein Lied mit dem Titel *Heit is der heiige Ohmd, ihr Maad*. Bei jeder Mahlzeit wird diese Kerze angezündet. Aber auch am Silvesterabend soll sie die Menschen hinübergeleiten in das Neue Jahr. Dahinter verbirgt sich der Gedanke, dass das Licht uns durch alle Tage führen und Unheil von uns abwenden soll. Sein Schein ist gleichsam der Inbegriff des Weihnachtslichtes für das Haus, in dem es erstrahlt. Den niedergebrannten Stumpf hebt man sorgfältig auf und entzündet ihn, wenn besonders notvolle Zeiten das Leben der Familie bedrohen, wie etwa ein starkes Gewitter oder ein naher Todesfall. Dieser Ritus ist aber kein Wahn oder Aberglaube. Vielmehr will das Weihnachtslicht Sinnbild für das Christuskind sein, das uns zuliebe auf dieser Erde geboren wurde, um uns vor Unglück und Schaden zu bewahren und Trost in allen Lebenslagen zu geben. Es will Symbol sein, dass Jesus alle Tage mit uns teilen will, die guten und die bösen. Er will bei uns bleiben, wenn die Schatten der Angst sich auf unser Gemüt legen wollen. Das Weihnachtsgeschehen von Bethlehem will uns begleiten, egal, wie hell oder dunkel unsere Wege sein werden. Nicht nur den Hirten und Weisen ging ein heller Stern in der Heiligen Nacht auf, sondern auch wir dürfen unter Christi Führung mutige Schritte des Glaubens gehen. Jesus selbst hat uns gesagt: „Ich bin bei euch alle Tage bis an der Welt Ende." In unseren Herzen will das Weihnachtslicht seine stärkste Strahlkraft entfalten. Das ist Hoffnung für unser Leben.

Ein besonderer Gast zu Weihnachten

Gerade wollte ich mich nach der anstrengenden Heiligabendfeier ein wenig hinlegen und ein Mittagsschläfchen halten, als es an unserer Tür klingelte. Ein Tippelbruder stand davor und bat um Einlass. Da es draußen mit minus 17 Grad sehr kalt war, wollte er sich ein wenig aufwärmen. „Ich will auch nicht lange stören", meinte er noch. Mein Mann führte ihn ins Wohnzimmer, wo er sich auch gleich neben den Kamin setzte. Die wohlige Wärme tat ihm gut. Er zog seinen Anorak aus und rieb sich die Hände, die ganz steif und blau gefroren waren. Von unserem Festessen war noch reichlich übrig geblieben, und so luden wir unseren Gast zu Tisch. Es machte mir richtig Spaß, diesem hungrigen Menschen zuzusehen, wie er die Schüsseln leerte. Eigentlich hatte ich gehofft, er würde bald nach dem Essen wieder gehen, wenn er sich aufgewärmt hätte, denn ich wollte gerne etwas ruhen. Aber daran war nicht zu denken. Der Obdachlose wurde recht redselig, und was er uns sagte, war interessant und erschütternd zugleich. So begann er:

„Kein Mensch würde es für möglich halten, wenn er mich heute sieht, dass ich früher eine verantwortliche Stelle in einem großen Unternehmen innehatte. Aber der Konflikt mit meiner Mutter und ihr früher Tod haben mich aus der Bahn geworfen. Sie war ja auch erst 61 Jahre alt. Ich lebte mit meiner Familie in ihrem Haus. Da ich ihr einziger Sohn war, machte sie mich zum Erben. Sie wohnte im oberen Stockwerk und ich mit meiner Elfriede und den Kindern unten. Für meine Frau kamen manche Tage einer Katastrophe gleich. Mutter kontrollierte nämlich unseren Haushalt. Jeden Mittwoch lud sie sich selbst zum Essen ein. Ihren kritischen Blicken entging nichts. Lagen etwa die Handtücher nicht akkurat Kante auf Kante, dann verschwand sie im Bad und legte die Wäsche ordentlich in den Schrank. Sie mischte sich auch immer in die Erziehung unserer drei Töchter ein und warf uns in deren Gegenwart unser Versagen und unsere Nachlässigkeit vor. Ebenso wollte sie immer wieder wissen, ob ich nicht eine Lohnerhöhung bekommen hätte und was wir uns kauften. Schenkte ich Elfriede zum Hochzeitstag ein goldenes Kettchen, dann bekam ich zu hören: „Friedrich, war das denn nötig?" Mit derlei Bemerkungen trieb sie einen Keil in unsere Ehe. Wir waren in eine schreckliche Abhängigkeit zu meiner Mutter geraten. Sie wollte wissen, wo wir abends hingingen, welche Freunde wir einluden und wo wir unsere Ferien verbringen wollten. Einmal bat sie mich, sie doch in den Urlaub auf die Insel Hiddensee mitzunehmen. Aber da wagte ich es, ihren Plänen zu widerstehen, denn Elfriede hätte sich zu Recht geweigert, mit ihr dorthin zu fahren. Meine Frau litt mehr und mehr unter meiner Mutter und geriet schließlich in eine Depression.

Wie oft hat Mutter mich nach Feierabend noch zu sich in ihre Wohnung gerufen. Angeblich hätte sie mit mir Wichtiges zu besprechen, während meine Frau in unserem Wohnzimmer saß, Stunde um Stunde auf mich wartete und immer mehr in Wut und Ärger geriet. Ich war meiner Mutter total hörig geworden und hatte nicht den Mut, ihr zu widerstehen. Am schlimmsten waren die Festtage. Sie schrieb Elfriede vor, sie müsse unbedingt eine Gans kaufen. Auch bestimmte sie, was wir unseren Kindern unter den Christbaum legen durften.

Natürlich habe ich mich gefragt, woher es rührte, dass Mutter mich so fest an sich klammerte.

Ich war ihr einziger Sohn. Mein Vater entstammte einer sehr reichen Familie und war von Beruf Orthopäde mit einer gut gehenden Praxis. Als Mutter schwanger wurde, durfte er sie nicht heiraten, obwohl er sie sehr liebte. Sie war ja auch eine bildhübsche Frau. Nur ein einziges Mal habe ich meinen Vater kennengelernt bei meiner Einschulung: Er war aus Düsseldorf angereist. Natürlich war bei meiner Mutter die Enttäuschung groß, denn sie hatte fest mit einer Heirat gerechnet. Gewiss, mein Vater hat finanziell gut für mich gesorgt, und Mutter litt keine Not. Aber da sie aus einer frommen Familie stammte, war die Schande groß, dass sie in unserem Dorf ein uneheliches Kind zur Welt gebracht hatte. Mit allen Fasern ihres Herzens hing sie sich an mich, ja, sie klammerte und ließ mich nicht mehr los, auch als ich heiratete. Dadurch hatten wir in unserer Ehe viele Konflikte zu durchstehen.

Ich konnte die häufigen Querelen nicht gut verkraften und begann meinen Kummer im Schnaps zu ertränken. Erst viel zu spät erkannte ich, wie ich im Laufe der Zeit zum Alkoholiker geworden war. Vor allen Dingen verlor ich nach dem Tod meiner Mutter immer mehr den Halt. Meine Firma konnte mich nicht mehr länger in Amt und Würden lassen, denn ich vernachlässigte häufig meine Aufgaben. So wurde ich vorzeitig in den Ruhestand versetzt. Die Trunksucht stürzte mich mehr und mehr in den Ruin. Schließlich wurde unser schönes Haus versteigert, da ich bei der Bank einen hohen Kredit aufgenommen hatte und ihn nun nicht mehr bedienen konnte. Mit meinen liederlichen Kumpanen versoff ich viel Geld in den Gaststätten. Elfriede war darüber total unglücklich. Sie trennte sich von mir, zog in ein Appartement, und ich musste mir auch eine neue Unterkunft besorgen. Sie hielt es nicht länger aus, mit einem Alkoholiker zusammen zu leben. Nach einem Jahr der Trennung ließ sie sich von mir scheiden.

Ich habe nun alles verloren: Haus, Frau und Kinder und den Arbeitsplatz. Ich lebe jetzt in einem kleinen Zimmer, das mir von der Sozialhilfe bezahlt wird. Nach Abzug der Schulden bei der Bank reicht meine Rente nicht aus, um ein menschenwürdiges Leben zu führen. Ich muss auch weiterhin trinken, denn ohne Alkohol halte ich es nicht länger aus. So bin ich zum Bettler geworden.

Nun wissen Sie, wer ich bin. An Tagen wie Weihnachten drückt mich mein Elend besonders nieder.

Ich will Ihnen danken, dass Sie mich angehört haben. Manchmal braucht man Menschen, bei denen man seinen Kummer und seinen Müll abladen kann. Vielen Dank auch für das herrliche Festmahl. Womit habe ich das verdient?"

Wir begleiteten unseren Gast noch bis vor die Tür. Er drückte uns fest die Hand und zog weiter seines Weges.

Ein Ausspruch Martin Luthers kam mir in den Sinn: „Wer einen armen, traurigen Menschen ein wenig fröhlich gemacht hat, der hat mehr als ein Königreich gewonnen."

Ein Kriegsgefangener erinnert sich:

Heute am Weihnachtsabend habe ich mir schneller als sonst die Decke über die Ohren gezogen. Ich wollte nichts mehr sehen und hören. Wenn mir bloß bald die Augen zufielen, das wäre mein einziger Wunsch. Schlafen, schlafen, nichts als schlafen wollte ich, denn das Heimweh drückte mich mächtig nieder. Ich hätte heulen mögen wie ein kleines Kind, wenn ich daran dachte, dass Mutter jetzt zu Hause das Bäumchen schmückte. Beim Klang der Glocken ging ich früher immer mit meinen jüngeren Geschwistern in die Kirche. Dort stand neben dem Altar eine hohe Tanne, geschmückt mit vielen weißen Kerzen. Ja, zu Hause wäre es jetzt schön, aber hier in der trostlosen Einöde des Urals und der entsetzlichen Kälte war es ein Hundeleben. Sogar heute am Heiligen Abend haben wir mächtige Stämme aus dem Dickicht ziehen und auf einen Schlitten laden müssen. Wir alle hatten gehofft, dass wir wenigstens an diesem hohen Feiertag eher mit der harten Drecksarbeit hätten Schluss machen können. Aber darin hatten wir uns getäuscht. Mir schien sogar, als würde unser Aufseher noch unerbittlicher sein als sonst. Einem Kameraden, der vor Schwäche zusammengebrochen war, schlug er erbarmungslos seinen Riemen über den Kopf. Als dieser aufstand, torkelte er nur so benommen durch die Gegend. „Raboti! Raboti!", drohte er uns. Das sollte nun mein Heiligabend sein!

Ich war hundemüde heute Abend und legte mich mit knurrendem Magen auf die Holzpritsche in diesem dumpfen Erdbunker Russlands. Aber plötzlich wurde ich aufgerüttelt. „Lass mich in Ruhe! Ich habe heute schon genügend Bäume geschleppt. Ich kann nicht mehr. Keine zehn Pferde kriegen mich aus meiner Schlafstatt", brummte ich meinen Kameraden an. „Komm, Alexander! Wir sitzen noch ein kleines Weilchen auf meiner Pritsche, und der Jüngste aus unserer Truppe will uns noch was über Weihnachten erzählen."

„Bist du verrückt? Ich habe dir doch gesagt, dass ich nichts hören will", rief ich verärgert. „Zieh Leine!"

Aber mit einem Ruck hatte mir Georg die

Decke vom Gesicht gezogen. Obwohl er sonst kein Störenfried war, packte er mich unsanft an den Armen und zerrte mich von meiner Pritsche herunter. „Was will uns der kleine Wilhelm schon sagen? Der hat mit seinen 17 Jahren noch die Eierschalen hinter den Ohren kleben."

„Komm nur! Du weißt doch, der Wilhelm wollte nach seinem Abitur Pfarrer studieren. Aber dazu ist es nicht mehr gekommen. Er wurde sehr früh zum Militär eingezogen und geriet auch schon bald in russische Gefangenschaft."

Ärgerlich erwiderte ich: „Jetzt soll ich mich noch von so einem Schnösel anpredigen lassen."

Aber mein Kamerad ließ nicht locker „Komm schon, steh jetzt auf! Wir gehen!"

Wir erreichten eine Ecke des Bunkers. Vier Kameraden saßen um ein kleines Öllämpchen zusammen. Ich kannte den Mitgefangenen, der eigentlich Pastor werden wollte. Er war in einer anderen Brigade eingesetzt, die mit Erde aufgefüllte Loren schieben mussten. Schrecklich mussten sich die jungen Kerle plagen. Wenn sie ihre Norm nicht erfüllten, wurde ihnen die Essensration gekürzt. Mir tat der arme Bursche leid, und ich hatte auch nicht gewusst, dass er Theologie studieren wollte. Ich war skeptisch, was er uns heute sagen wollte. Auf der Pritsche rutschten die Kameraden zusammen, sodass ich noch ein Plätzchen fand.

Aber Wilhelm predigte gar nicht, sondern fing an, die Geschichte von den Hirten zu erzählen, wie sie Zeugen der Geburt Jesu auf Bethlehems Fluren wurden. War das wirklich Wilhelm? Ich gewann vielmehr den Eindruck, als sei einer der Hirten vom Stall selbst zu uns gekommen. Seine Augen leuchteten, als er von dem hellen Licht erzählte, das über den Feldern bei den Schafen aufgestrahlt war. Als er den Vers zitierte „Ehre sei Gott in der Höhe und Friede auf Erden und den Menschen ein Wohlgefallen", da leuchteten seine Augen auf. Wir vergaßen in unserer kleinen Runde, dass wir in dumpfen Erdbunkern dahinvegetierten. Uns war zumute, als seien wir selbst an der Krippe zu Bethlehem angekommen und sähen Jesus, das Kind des Höchsten, in Windeln gewickelt. Wir kamen den Hirten ganz nahe, die vor dem wunderbaren Heiland der Welt niederknieten und den Gottessohn anbeteten. Wir vergaßen unsere Plagen, Erniedrigungen, unsern Hunger und Durst und die Schläge hier im Wald.

Ich schaute den jungen werdenden Theologen an und sah in ihm einen der Hirten, die ihre Schafe verlassen hatten, um diesem einmaligen, heiligen Kind ihre Wertschätzung auszusprechen. Ja, so wie diesem jungen, frommen Kameraden, der wie wir im gleichen Elend saß, konnte ich mir die Boten Gottes vorstellen, die schon zu Hause in unserer Wohnung vor der Krippe standen und das Jesuskind in großer Fröhlichkeit und unerschütterlichem Glauben anbeteten. Mir wurde dabei sehr warm ums Herz.

Langsam brannte das Öllämpchen nieder. Wir sangen noch gemeinsam das Lied „Stille Nacht, heilige Nacht", reichten uns die Hände und suchten dann unsere Pritschen auf.

Erst viel später erfuhr ich, dass unser „junger Pastor", wie wir ihn nannten, das nächste Weihnachtsfest nicht mehr mit uns feiern konnte. Aber mir war bewusst: Wilhelm wird uns nun vom Himmel das große Gloria singen. Er war allem Leid, aller Not und allen Schikanen enthoben, weil Gott selbst ihn in seine Herrlichkeit geholt hatte. Ihm zu Ehren und zu seinem Gedächtnis sangen wir beim nächsten Heiligabend das folgende Lied:

„Fröhlich soll mein Herze springen
dieser Zeit, da vor Freud
alle Engel singen.
Hört, hört, wie mit vollen Chören
alle Luft laute ruft:
Christus ist geboren.

Die ihr schwebt in großen Leiden,
sehet, hier ist die Tür
zu den wahren Freuden!
Fasst ihn wohl, er wird euch führen
an den Ort, da hinfort
euch kein Kreuz wird rühren.

Die ihr arm seid und elende,
kommt herbei, füllet frei
eures Glaubens Hände!
Hier sind alle guten Gaben
und das Gold, da ihr sollt
euer Herz mit laben.

Süßes Heil, lass dich umfangen,
lass mich dir, meine Zier,
unverrückt anhangen.
Du bist meines Lebens Leben;
nun kann ich mich durch dich
wohl zufrieden geben.

Ich will dich mit Fleiß bewahren,
ich will dir leben hier,
dir will ich abfahren.
Mit dir will ich endlich schweben
voller Freud ohne Zeit
dort im andern Leben."

Für Mathilde Wrede wird es erst Heiligabend, wenn sie ihre Gefangenen besucht hat. So macht sie sich schon früh am Nachmittag des 24. Dezember auf den Weg durch die Straßen von Helsingfors. Am Ende der Stadt auf einem Hügel liegt die Strafanstalt, ein düsteres Gebäude. Sie ist eine der größten des Landes. Die Baronin ist hier keine Unbekannte und wird schon von den meisten Inhaftierten sehnlichst erwartet.

Von Weihnachten ist hier nicht viel zu merken. Zwar hat man in der Bäckerei Weißbrot mit Rosinen gebacken und dies mit Puderzucker bestreut, aber sonst ist vom Weihnachtsduft und Kerzenglanz hinter diesen dicken Mauern nichts zu spüren. Doch jedem Gefangenen wird ein Brot zugedacht, und sogar Mathilde Wrede nimmt eines in Empfang.

In den weitläufigen Gängen stehen die Wärter beisammen und überlegen, wohin man die Baronin zuerst schicken sollte. Sie teilen ihr sogleich mit, dass der kranke Sören Norderstedt im Sterben liegt. Diese

Nacht wird er wohl nicht mehr überleben. Er ist schon sehr schwach und sein Atem geht schwer. Ihn sucht sie zuerst auf. Still und totenblass liegt er auf seiner Pritsche. Die Augen hält er geschlossen. Da er zudem schlecht hören kann, beugt sich Mathilde tief zu ihm herab. Auch diesem Strafgefangenen, der 15 Jahre seines Lebens hinter Gefängnismauern zugebracht hat, gilt die Frohe Botschaft: „Fürchte dich nicht, denn heute ist für dich der Heiland geboren." Die Baronin kniet neben ihm auf dem kalten Zementboden, hält ihren Mund nah an sein Ohr und erzählt ihm ganz klar und deutlich die Geschichte von der Geburt des Jesuskindes. Seine Heilandsliebe umschließt alle. Keiner ist davon ausgenommen, wie groß auch sein Verbrechen sein mag. Auch ein Mörder darf von Jesu Gnade leben. Ab und zu fragt die Baronin Sören Norderstedt: „Verstehst du mich?" Dann nickt er, und über sein Gesicht huscht ein Lächeln. Ist es nicht ein großes Vorrecht, einem Lebenslänglichen, der bald vor den Toren der Ewigkeit stehen wird, Zukunft und Hoffnung zu geben und ihn für den letzten Gang vor Gottes Angesicht vorzubereiten? Mathilde Wrede wird es warm ums Herz, und sie drückt dem Sterbenden fest die Hand.

Nachdem sie ihm von der Geburt Jesu erzählt hat, nimmt sie ihr feines, weißes Taschentuch, das mit edler Spitze verziert ist, taucht es in den Wasserkrug und kühlt dem Kranken das Gesicht. Sie weiß, das ist der letzte Liebesdienst, den sie dem Todgeweihten erzeigen kann. Von dieser kleinen Liebestat geht viel Wärme und Barmherzigkeit aus. Ein Strahl göttlicher Nähe umgibt diesen Menschen. Es wird hell in ihm, und eine Ruhe geht von ihm aus. Er merkt es kaum, als sich die Baronin von ihren Knien erhebt und seine Zelle verlässt, um einen anderen aufzusuchen.

Auf dem Korridor stehen noch immer die Wärter herum. Sie sind ganz aufgeregt. In ihren Händen halten sie eine Matratze und wollen damit in die Zelle eines tobenden Gefangenen gehen. Stark und groß wie ein Riese ist Björklund. Wie das möglich war, weiß bis jetzt noch keiner zu sagen, aber in seiner Faust hält er ein großes, scharfes Messer, das jederzeit zu einer Mordwaffe werden kann. Ob er es bei seiner Arbeit entwendet hat oder ob es ihm in die Zelle geschmuggelt wurde, ist für die Wärter nicht auszumachen. In seinen vier Wänden läuft der Wildgewordene hin und her, flucht schrecklich und droht damit, dass heute noch durch dieses Messer ein Mensch sterben muss. Das habe er sich geschworen. Jeder, der ihm zu nahe kommt, muss damit rechnen, niedergestochen zu werden. Nun wollen die Wärter versuchen, Björklund mit der Matratze an die Wand zu drücken oder ihn auf den Boden zu werfen, um ihm auf diese Weise das Messer abzunehmen. Anschließend soll er in die Arrestzelle in den Keller geführt werden.

Mathilde Wrede steht mitten unter dem Wachpersonal. Mit deutlicher Stimme sagt sie: „Heute ist Weihnachten! Heute kommt keiner in den Keller. Ich gehe selbst zu Björklund hinein." Die Wärter raten ihr dringend davon ab und wollen sie aufhalten.

Aber entschlossen und mit starkem Gottvertrauen hat sie schon mehrmals ausgerastete Gefangene beruhigen können. In der Vollzugsanstalt wird sie „Unser Engel" genannt. So lassen die Wärter sie zu dem Tobenden gehen. Gewiss mag ihnen der Atem stocken, wenn sie an die zarte Baronin und an den wildgewordenen Gefangenen denken. In großer Gelassenheit betritt Mathilde Wrede die Zelle.

„Björklund, ich bin es nur", spricht sie ihn an.

„Kommen die anderen auch?", fragt dieser mit drohender Gebärde. „Sie mögen sich bloß hüten!"

„Ich komme ganz allein. Was fehlt Ihnen, Björklund?"

„Auf dieses Messer habe ich geschworen, dass ich es nicht aus der Hand lege, ehe ich einen damit kalt gemacht habe."

„Heute ist Weihnachten!", stellt sich Mathilde Wrede direkt vor ihn. „Da nimmt keiner dem anderen das Leben. Heute ist der Tag, an dem der Heiland geboren wurde. Er bringt das Leben, ein Leben, das uns sogar den Himmel aufschließt. Geben Sie mir das Messer, Björklund!"

Der Gefangene zögert. Ihre Worte bringen ihn ein wenig zur Ruhe, und sein Brüllen verstummt. Aber muss er nicht seinem Schwur gehorsam sein? Das ist er sich doch selbst schuldig, wenn er vor den Mitgefangenen beweisen will, dass er ein echter Kerl ist. Mathilde Wrede versucht ihm das Messer aus der Faust zu entwinden.

„Nein!", brüllt er los. „Ich habe geschworen, es nicht wegzulegen, ehe ich es einem in den Leib gestoßen habe. Und haben Sie nicht selbst gesagt, dass man sein Wort halten soll?"

„Ja, das ist richtig, Björklund. Aber heute ist doch Weihnachten. Da machen sich die Menschen eine Freude. Björklund, schenken Sie mir das Messer. Wie wär's? Strecken Sie die Hand aus."

Wie von einer unsichtbaren Macht bewegt, beginnt er seine Finger vom Griff des Messers zu lösen. Aber dann packte er doch wieder zu. „Nein", ruft er, „das gilt nicht!" Doch plötzlich wird Björklund an seine Kindheit erinnert. Wie oft hat er sich mit seinen Geschwistern auf Weihnachten gefreut, und dann haben sie zusammen mit ihren Geschenken gespielt. Ein Lächeln huscht über das sonst so harte und trotzige Gesicht des Mannes. Vergessen hat er sein Messer, vergessen seinen Schwur, sein mörderisches Vorhaben. Es ist ja Weihnachten. Er merkt es kaum, wie Mathilde Wrede ihm das Messer aus der Faust zieht und es fest in ihrer Hand behält.

„So, nun habe ich es selbst genommen. Sie

haben es mir nicht geben müssen." Er nickt und ist zufrieden. Sein Hass, seine Mordlust und sein Fluchen sind von ihm gewichen. Nun sprechen die beiden wie gute Freunde miteinander und reden vom Kind in der Krippe, vom Stall in Bethlehem, von den Hirten auf dem Feld. Es ist so, als sei der Heiland dieser Welt selbst in die Zelle gekommen und habe Frieden und Heil gebracht. Das große Gloria, das die Engel über dem Kind angestimmt haben, tönt auch ein klein wenig in diese kargen vier Wände, weil Jesus zu den Armen, Elenden und schuldig Gewordenen gekommen ist. Ja, für die im Gefängnis ganz besonders. Er will ihre Bande lösen und ihnen Vergebung und neues Leben schenken.

Zum ersten Mal scheint Björklund zu begreifen, dass Christus auch sein Erlöser sein will. Still und sanft ist er jetzt geworden, ruhig und froh wie ein Kind, das an Weihnachten reich beschenkt wird und sich freut. Mathilde Wrede aber geht weiter, und die Wärter ziehen mit ihrer Matratze ab. Heute ist doch Weihnachten, das spüren auch sie.

Die Baronin geht zum nächsten Gefangenen. Aber auch hier warnen sie die Wärter, bloß nicht hineinzugehen. Die Luft in der Zelle ist stickig. Der junge Mann hat hier vor ein paar Tagen dem Wärter die Schüssel mit der heißen Suppe ins Gesicht geschleudert. Zur Strafe soll die Zelle dreckig bleiben, und so liegt der ganze Unrat noch auf dem Boden. Der Gefangene soll sehen und riechen, was er angerichtet hat.

Aber Mathilde Wrede lässt sich auch hier nicht abweisen. Tief beschämt schaut der Häftling sie an und warnt sie: „Heute können Sie mich nicht besuchen, es sieht schrecklich hier aus, und die Luft ist zum Ersticken."

„Wenn Sie, junger Mann, es Tag für Tag hier aushalten können, dann kann ich es auch." Und schon hat sie den Fuß über die Schwelle gesetzt. Der Gefangene blickt sie ganz verlegen an. Er hatte eine Strafpredigt wegen seiner Frechheit und seines ungebührlichen Verhaltens erwartet, und nun wird er noch besucht.

„Wie können Sie nur zu mir kommen, Sie, die Baronin vom Schloss, und ich, der Dreckskerl, der mit der heißen Suppenschüssel um sich wirft."

„Sie sind ein Mensch wie ich, und an Ihnen sehe ich viel Gutes. Es wäre hilfreich, wenn auch andere dies an Ihrem Verhalten erkennen könnten."

„Glauben Sie, dass ich mich noch ändern kann, dass Gott, der Herr, mir helfen kann, meinen Jähzorn zu besiegen?"

„Ja, ganz bestimmt."

„Dann beten Sie für mich, Frau Baronin, und bitte, jetzt gleich auf den Knien."

Mathilde Wrede bedeutet ihm noch, dass es nicht auf die Körperhaltung ankommt.

Der Mensch darf stehend, sitzend, liegend und kniend beten. Aber weil dem jungen Strafgefangenen das Gebet auf den Knien ernster und bedeutungsvoller erscheint, kniet Mathilde Wrede nieder. Sie achtet nicht darauf, dass der Fußboden von stinkender, schimmliger Erbsensuppe beschmiert ist und ihr weiter Rock davon beschmutzt wird. Aus vertrauensvollem Herzen spricht sie dem Gefangenen ein Gebet Satz für Satz vor, und der junge Mann spricht dies kaum hörbar nach. Als sie das Amen sagt, steht sie auf, und der Gefangene geht auf sie zu. „Jetzt kann ich glauben, dass Gott einen braven Menschen aus mir machen kann. Er ist auch mein Herr und Heiland. Und Weihnachten ist auch hier in meinen vier Wänden. Über diesem verdreckten Knast singen die himmlischen Heerscharen: ‚Ehre sei Gott in der Höhe und Friede auf Erden und den Menschen ein Wohlgefallen.‘"

So geht Mathilde Wrede von Tür zu Tür, von Zelle zu Zelle. Wohl fühlt sie mehr und mehr einen stechenden Schmerz und Blut auf den Lippen. Das kommt von der schlechten, trockenen Luft, dem lauten Sprechen bei Norderstedt und all den traurigen Eindrücken. Doch sie beachtet ihre Beschwerden nicht. Es kommt ihr darauf an, dass ihre Schützlinge heute am Heiligen Abend die frohe Botschaft hören, die uralte und doch ewig neue vom Kind, das uns geboren wurde, die Himmelsbotschaft von der erbarmenden Heilandsliebe. Von ihrem Glanz soll helles Licht in die umdüsterten, verbitterten, schuldbeladenen und hoffnungslosen Herzen der Ärmsten unter den Armen fallen, wie es auch im Lied heißt:

„Das ewge Licht geht da herein
gibt der Welt ein' neuen Schein.
Es leucht' wohl mitten in der Nacht
und uns des Lichtes Kinder macht. Halleluja!"

Autorenadresse:

Lotte Bormuth
Sperberweg 8a
35043 Marburg
Telefon: 06421/41347

Weitere Bücher von Lotte Bormuth

Dürer auf dem
Weihnachtsmarkt
ISBN 978-3-86122-946-9
64 Seiten, kartoniert

Neue Geschichten und Erlebnisse der bekannten
Autorin rund um das Thema Weihnachten und
Advent. Lotte Bormuth zündet viele fröhliche,
wärmende und tröstende Lichter an, die den Kern
des Festes in einen schönen Glanz tauchen: Die
Geburt unseres Erlösers, in der schon das Licht
der Ewigkeit aufstrahlt.

Der Mann, der Weihnachten verschlafen wollte
ISBN 978-3-86122-848-6
96 Seiten, kartoniert

Ob man mit dem Weihnachtsfest die fröhlichste Geschichte feiert, die sich je zugetragen hat, oder ob man es am liebsten verschlafen möchte – es gibt keine Lebenslage, in die das Kind von Bethlehem nicht Licht bringen könnte.

So hat es der Bischof im Gestapogefängnis erlebt, so klingt es in den Liedern, so leuchtet es in den Herzen der Kinder. Ob harte Realität oder süße Erinnerung – Lotte Bormuth hat nach dem Rezept „Apfel, Nuss und Mandelkern" eine bunte Mischung unterschiedlichster Erlebnisse zusammengetragen, die vom strahlenden Glanz und vom stillen Trost des Festes erzählen.

Hier ist feinstes Weihnachtsgebäck für die Seele: 18 lebensverändernde Geschichten!

**Immer wieder
Weihnachtsstollen**
ISBN 978-3-86827-194-2
96 Seiten, kartoniert

Nicht nur für Feinschmecker ist ein Weihnachtsstollen ohne Rosinen wie eine Krippe ohne Christkind. Verleihen nicht die Rosinen dem Stollen erst
die richtige Süße?

Genauso machen die Geschichten dieses Buches
den Sinn des Festes – abseits von Glitter und
Kommerz – erst richtig deutlich: Die Geburt des
Gottessohnes, der alles Zerbrochene auf dieser
Welt heil machen kann.

Lotte Bormuth hat diese Begebenheiten – besinn-
liche, fröhliche und tröstende – herausgespickt
aus ihrem reichen Erfahrungsschatz. Welcher Le-
ser bekäme da nicht Lust, im eigenen Alltags-Teig
auf die Rosinen zu achten?

Im warmen Schein der Kerzen

ISBN 978-3-86827-269-7

96 Seiten, kartoniert

So wie alles Harte und Grelle dieser Welt seine Schärfe verliert im warmen Schein der Weihnachtskerzen, so würden manche Bruchstücke unseres Lebens ihren Schrecken verlieren im Licht des Evangeliums und seiner Verheißungen – wenn wir es denn leuchten ließen. Die unvergleichlichen Geschichten und Erlebnisse Lotte Bormuths regen zur Nachahmung an. Sie machen uns Mut, die Weihnachtszeit zu nutzen und uns dem zuzuwenden, der von sich selbst sagt: „Ich bin das Licht der Welt …"